原作：ハルノ晴
脚本：市川貴幸
おかざきさとこ
黒田狭
ノベライズ：百瀬しのぶ

あなたがしてくれなくても

（上）

JN122697

扶桑社文庫
0793

本書はドラマ『あなたがしてくれなくても』のシナリオをもとに小説化したものです。

小説化にあたり、内容には若干の変更と創作が加えられておりますことをご了承ください。

なお、この物語はフィクションであり、実在の人物・団体とは無関係です。

1

休日の朝。いつもより少し寝坊した吉野《よしの》みちは、ベッドから出てカーテンを開けた。ふと、みちの目は、ベランダの柵の上に釘づけになる。そこには小さな虫が二匹、連なってとまっていた。みちが二匹の虫を凝視《ぎょうし》していると、夫の陽一《よういち》も起き出してきた。

「おはよう」

声をかけたみちに、陽一も気怠《けだる》げに挨拶を返してきた。まだ眠そうだし、頭も寝癖がついたまま。とはいえ、三十二歳のみちより五歳上の陽一は寝起きじゃなくても、気怠げな雰囲気をまとっている。陽一はそれ以上言葉を発さずに、ソファに身を投げ、早々にゲームを始めてしまった。そんな陽一の姿を見て、みちは視線を虫に戻し、小さく呟《つぶや》いた。

「……この、幸せ者が」

つながっていた虫たち――交尾していた二匹のハエは、みちの視線に気づいたのか、飛び立っていった。

「ん？　なんか言った？」

そう陽一が問いかけると、みちはごまかすように、窓を勢いよく開けた。

「桜、咲いてる」

「まあ、春だから」陽一は窓の外の桜を見ることもなく、ゲームを続けている。

「風情がないなぁ」

みちが陽一を見ると、寝そべりながらゲームをしている。みちは口をとがらせながら、窓の外に視線を戻す。

「……花見でも行くか」ゲームを続けたまま、陽一がぽつりと言う。

「え、ほんと!?」

陽一からの思ってもみなかった提案に、みちは顔をほころばせた。


花曇りの中、陽一のバイクの後ろに乗って、公園に向かった。到着するとすぐに雨が降り出した。

「あーあ」

ベンチに座り、レジャーシートで雨をしのぎながら、みちは雨に濡れた満開の桜を見上げた。陽一のバイクはザーッと降る雨に打ちつけられている。

タイミングの悪さに意気消沈するみちの視界に、陽一がぼんやりと遠くを見ている姿が入った。みちがその視線の先を追うと、雨に濡れながら、子どもたちが元気に遊んでいた。親たちが急いで雨具を持って駆け寄っている。その様子を、陽一は穏やかな表情で見つめていた。

「子どもって元気だね」

みちは陽一に声をかけた。

「まあ、若いから」

「かわいいよね」

「うん」

「……欲しい？」

何げない風を装《よそお》って尋ねると、意外にも陽一はあっさり「うん」とうなずいた。

「……うちもそろそろつくろっか？」重くならないように、軽い調子で言ってみる。

「うん、いーよ」

陽一の返事に、一瞬、雨音が消えた……ような気がした。

「帰ろっか」

「え」

動揺しているみちを置いて、陽一はバイクに向かって走り出した。

「えー、濡れちゃうよ！」

文句を言いながらも、陽一を追いかけるみちの顔は、雨の中ではしゃいでいた子どもたちのように晴れやかな顔をしている。バイクにまたがった陽一の後ろに乗り、背中にギュッとしがみつく。春の雨の中、バイクは走り出した。


部屋に入るとすぐに、陽一はずぶ濡れのシャツを脱ぎ捨てた。

「もー、こんなところでー」みちがシャツを拾い上げると、

「だめだ、シャワー」陽一はみちの背中を押して、バスルームに向かった。

「え」

まさか、一緒に？　戸惑っているうちに脱衣所に入り、陽一はタンクトップを脱ぎ上半身裸になった。みちも脱ごうとしたけれど、濡れた服が体に張りついていて、もたもたしてしまう。

「はい、バンザイして」

見かねた陽一が、みちが脱ぐのを手伝ってくれる。

「え、え」

嬉《うれ》しい。でも恥ずかしい。そんなみちから、陽一は親が子どもの服を脱がせるように、

シャツを脱がせていく。さすがにデニムは自分で脱ごうとしたけれど、やっぱり雨に濡れていて脱ぎにくい。陽一が、みちのデニムに手をかけて下ろした。

「あ……」

照れと高揚感で声を上げてしまう。陽一はみちをチラッと見た。そしてごまかすように、みちのパンツのゴムをパチンと弾いた。

「穴あくまでパンツ穿《は》くなよ」と、陽一は笑っている。

「まじ!?」みちは驚いてパンツを確認してみた。

「あいてないよ。先入りな、風邪ひくよ」

陽一はバスタオルで自分の髪を拭きながら、脱衣所を出ていった。

「え、うん」

残されたみちは脱いだパンツを見た。穴はあいていないけれど、まったく色気のないパンツだった……。

シャワーを浴び終え、タオルを巻いてリビングに出てきた。でも陽一はいない。寝室に行くと、ベッドで横になっていた。

みちは陽一の背中越しに声をかけた。

「陽ちゃん、いいよ」

「……」

陽一は無反応だ。どうやら眠ってしまったらしい。

「陽ちゃん」

つーっと、陽一の顔に指を這《は》わせてみると、うっすらと目を開けた。

「あー」

「入んないの？」

「あとでいい」

「風邪ひくよ」

陽一に身を寄せて、手を伸ばしてみた。みちが触れる前に、陽一がその手を握りしめてくる。

「雨ん中、疲れたわ」

「……しないの？」ドキドキしながら、尋ねてみる。

「……明日しよ」陽一は背中を向けたまま、振り向こうとはしなかった。

ふと目を覚まし、時計を見ると、まだ真夜中だった。隣を見ると、陽一はいない。起き上がって、水を飲みに寝室を出ると、リビングのソファで陽一がタブレットを見ていた。みちの気配に気づいた陽一は、驚きのあまり慌てて姿勢を正そうとし、その拍子にタブレットからヘッドホンが外れてしまった。と同時に、スピーカーから女性の喘ぎ声のような音声が流れてきた。

何それ、どういうこと。ムッとしたけれど何も言わず、冷蔵庫から水を出し、ごくごく飲んだ。

「変な時間に寝ちゃったから、目覚めちゃってさ、映画観てた」陽一が自分から声をかけてきた。

「どーぞ、ごゆっくり」みちは水を飲み干すと、乱暴にシンクに置いて寝室に戻った。

翌朝、出社するみちの脳内を、朝からずっと、もやもやした気分が渦巻いていた。

は？　明日しようって……その明日、もうずっと来てないんですけど？

※

モニターに映し出された建築物を指しながら、営業一部副部長の新名《にいな》誠《まこと》が、リモート参加の他支店の社員たちも含めた全員にプロジェクトの説明をしていた。

「続いて、住吉《すみよし》不《ふ》動産《どうさん》が進めているリゾートホテルの案件についてです。今回のコンセプトは、上品さを兼ね備えた色気のある建築です」

　色気って何？

　新名から一番遠い場所に座っていたみちは、心の中で呟いた。

　んー、昨日の雨に濡れた私、けっこうよくなかった？　なかったか……。

「ただラグジュアリーなだけではなく、昨年のリュクスリゾートのような、環境に配慮した建築を目指します。社内評価はまずまずでしたが、私はとてもよかったと思います！」

　新名の言葉の最後の部分だけが耳に入り、みちは思わず「えっ？」と声を上げてしまった。社員たちがいっせいにみちを見た。肩をすくめると、正面にいた新名と目が合ってしまい、なんとも気まずい。

「あ、すみません……」

　恥ずかしさでさらに小さくなるみちを、新名は不思議そうに見ている。

「はい。では営業一部、推進部、支店の皆さんも、一丸となって頑張りましょう」

　新名は会議室内を見回し、さらにモニターの画面越しに支店の社員たちにも声をかけた。

会議が終わり、みちは後輩の北原華《きたはらはな》と、リモート用のマイクやモニターなどを片付けていた。

「先輩、知ってます？　片山《かたやま》さん、もうふたりめを妊娠したらしいですよ。たくましいですよね」

華が声をかけてきた。

「え、そうなの？　なんか贈ろっか」

そう言いながら、いいなぁ、片山さん、またセックスしたんだ……と、思ってしまうって、バカか私は……。

自分で自分の心の声に慌ててツッコミを入れた。

「テキトーにブランドもののタオルにしときましょうか？　肌にやさしけりゃなんでもいいでしょ……」

そう言いながら華はみちを見た。心ここにあらずのみちの顔を「先輩？」と、のぞきこんできた。

「……華ちゃんって、どこで下着買ってる？」

みちは唐突に、尋ねてみた。華は二十三歳。日々、デートや合コンに勤しんでいる。みちは白いブラウスに薄い水色のカーディガンと地味な服装だけれど、華はピンクのブラウスに花柄のスカートで、その名の通り華やかだ。

「え、下着贈るんですか!?」

華が目を丸くしてみちを見た。

「いやいや――」

慌てて否定しているところに、新名が忘れ物を取りに戻ってきた。

「新名さん！　どうしました？」華が素早く反応する。

「すみません、ケータイ」

新名は机の上のスマホを取ると、まだ片づいていない椅子を手際良くまとめ始めた。男性にしては美しい手だ。左手の薬指には結婚指輪が光っている。

「あ、いいですよ、やるんで」みちが声をかけたけれど、「いや、これだけ持ってっちゃいますね」新名はササッと片づけて、会議室を出ていった。

「ワタシも持ってってちゃって……ニーニャ様」

そう言いながら新名の後ろ姿をうっとりと見送る華の姿を苦笑交じりに眺めながら、みちは机を拭き続けた。

昼休み、みちは会社近くのデパートに出向き、下着売り場にやってきた。久々に足を踏み入れた下着売り場の雰囲気に、すでに気圧《けお》されている。意を決して上下セットの下着を手に取ったが、あまりのゴージャスさにすぐに戻してしまった。代わりに、地味な下着を手に取った途端、横からオレンジとパープルの派手な下着が差し出されてきた。

「華ちゃん!?」

「先輩、結婚何年でしたっけ?」

「今年で五年」

「じゃ、こっち！　そろそろ刺激、必要なんじゃないですか」

華からその下着を受け取って、値段を見てみる。

「高っ！」思わずひるんでしまう。「でも男目線で下着選ぶのもなー」と、言い訳がましく言ってみる。

「男に見せる以外に下着の用途あります?」華が顔をしかめながら問いかけてくる。

「え、そりゃ、だって、着け心地とか」

「先輩、試合放棄しちゃっていいのかな?」

「……そこで勝負してないから」

結婚五年目。もう勝負下着が必要な関係性ではない……はずだ。

「これ買おう」華はみちにはかまわず、近くのマネキンがつけていた、過激な下着を手に取った。

「派手！」

屈託ない華の姿を、みちは呆気に取られて眺めていた。


「うまそ〜。毎朝マメですね」

自前の弁当を食べながら、三次元モデリング化された設計図とＡＩが選出した施工《せこう》計画をチェックしていた新名に、新人の田中裕太《たなかゆうた》が声をかけた。

「昨日の残り物だよ……あ、ＡＩの解析ってこれだけ？」

「はい、それで全部です」

「ありがとう」

新名は顔をしかめ、パソコン画面を凝視した。

帰宅したみちは、買ってきた下着を寝室のクローゼットにしまった。

「よし」

気合いを入れてリビングに行き、片づけを始めた。脱ぎっぱなしの陽一の靴下をひとつ見つけて拾い上げ、洗濯機を回す。部屋干しをしていると、靴下のもう片方がない。

「もう！」

テーブルの下に屈みこんで探していると、陽一が帰宅した。

「ただいまー」

「おかえり」這いつくばっていた格好から立ち上がり「……陽ちゃんさ、また靴下脱ぎっぱなしにしたでしょ。また片方ないんだけど」と、不満を言った。

「あー、それ、まだ穿くやつ」

「一度脱いだらもう穿かない！」

「買ってきた」

陽一はニヤリと笑って、ケーキの箱を掲げた。でもみちは笑い返せなかった。思わずため息が漏れてしまう。

機嫌取りのスイーツ……やっぱり全然わかってない。

みちが部屋干しを再開すると、陽一が背後から抱きしめてきた。

「今度の水曜、早く帰ってくるから」

「……お店あるじゃん」

「たまにはいいよ」陽一が甘い声で言う。

「雇われ店長のくせに」憎まれ口をききながらも、みちは顔が緩《ゆる》んでしまう。

「みち、水曜いつも早いよな？　外でうまいもんでも食って……しよ」

「……うん」

みちは陽一の腕の中で、小さくうなずいた。

※

水曜日、みちは会社のトイレで化粧を直していた。今日はサイドの髪をピンで留め、オフホワイトのワンピースを着て、いつもとは違う雰囲気にまとめている。と、華が隣に並び、鏡越しにみちの顔をいたずらっぽくのぞきこんでくる。

「なに？」

みちが華を見ると、突然ワンピースの裾をめくられた。

「ちょ、ちょっと、なに！！」

「穿いてますね」

ニヤリとする華に、みちは何も言い返せずにいた。派手な下着に、完全に自分の心が負けている。

「先輩」華が鏡越しに目を合わせてくる。

「変なアドバイスとかいいから」身構えているみちに、

「きれいですよ」華がにっこりと笑いかけてくる。

「……ありがとう」みちも照れ笑いを浮かべた。


夕方、仕事をしているみちたちのもとに、新名から社内メールが届いた。

「おお！『最近、皆さま会社のために遅くまで頑張って下さっていますので、たまには会社のルールに縛られましょう（笑）。水曜日はノー残業デーです。本日はルール厳守でお願いいたします』」

華がメールの文面を読み上げた。

「さすが」みちも思わず声を上げた。

「では、お先に失礼します。お疲れ様でした」

新名は真っ先に荷物をまとめて立ち上がり、控えめに挨拶をして部署を出ていった。

部署内には、おー、と、軽く歓声が上がった。

「最高。上司が先に上がってくれたら帰りやすー。じゃ、お疲れ様です！」

華も立ち上がり、さっさと部屋を出た。

「え、お疲れ様」

みちも慌てて荷物をまとめた。家に帰ったら陽一と……。みちの胸の中には期待と緊張が広がっていった。


同じ頃、陽一は、彼の職場である繁華街の裏路地にあるカフェで、珈琲豆《コーヒー》を挽《ひ》いていた。挽きたての珈琲豆に息を吹きかけ、雑味が出る殻を飛ばし取り除く。

「客もいないし今日は早く閉めてもいいっすかね？」

陽一はカウンターでコーヒーを啜《すす》っているオーナーの高坂仁《こうさかじん》に尋ねた。

「俺がいるじゃねーか」

そう言いながら、高坂は財布から一万円札を出し、テーブルに置いた。

「オーナーなんすから、いいですよ」

「たまには何かうまいもんでも買って帰れ。それとも、これから飲みいくか？」

「あー……けど……」陽一が困惑していると、

「若造の愚痴、聞くのめんどくせーや、また今度な」高坂はあっさりと立ち上がり、帰っていった。

陽一が店を出ると、道の先は工事中でガードマンが交通整理をしていた。ドアに「close」の札を掛ける。看板には営業時間十一時〜二十二時とあるけれど、早めの店じまいだ。陽一はちらりとスマホに視線を落とした。

会社を出たみちは、川沿いの遊歩道を歩いていた。スマホを見ようとカバンを探ってみると、見つからない。

「……あれ」

立ち止まってよく見てみたけれど、やっぱりない。みちは踵《きびす》を返し、急ぎ足で会社に引き返した。

オフィスには誰もいなかった。机の上に置きっぱなしだったスマホを見つけて手に取ると、陽一からメッセージが入っていた。

《今日忙しくて、少し遅くなる》

見た途端に、みちの胸の中で期待が失望に変わっていく。

「あれ、どうしました？」と、突然資料を抱えた新名が顔を出した。

「あ、忘れ物してしまって……新名さんこそ」

さっき、一番に帰っていったはずだ。

「明日のプレゼンの、少し気になる点がありまして」

新名は自席で資料とパソコン画面を照らし合わせていたかと思うと「……ちょっと資料室に。お疲れ様でした」と、慌ただしく出ていってしまった。ひとり残されたみちは、もう一度、陽一からのＬＩＮＥを見つめた。


急いで帰宅する必要がなくなったみちが資料室に顔を出すと、新名が探し物をしていた。みちも手伝うことにし、狭い本棚の間の通路で段ボール箱の中を探った。

「ＡＩの提案から施工計画を選んだんですけど、データ化されてない昔の図面も参考になるかなって」

ワイシャツの腕をまくっている新名は、額に汗を浮かべている。

「天の川リゾートの図面なんて、だいぶ昔の」みちが言うと、新名は苦笑いを浮かべた。

「ＡＩにはいらないって言われるかもしれませんが」

「そんなこと言ったら私とか、ＡＩに即いらないって判断されちゃいますよ」

みちが自虐的に言うと、新名は即座に「されませんよ」と、否定した。

「どうしてですか？　私、ほんと何もないですけど」

「……」

新名は何も言わず、軽く微笑みながらみちを見て言った。

「吉野さん、アインシュタインとモーツァルト、どちらが天才だと思います？」

「え、アインシュタインとモーツァルト？　ずいぶんと話逸《そ》らしましたね」

「いや、違います、クイズです」

「んー、どっちも？　じゃ、アインシュタインで」とりあえず答えると、新名はほほ笑んだ。

「アインシュタインが発見したことは、彼でなくても、たとえば、ＡＩにデータを与えて学習させていけば到達できたかもしれない。でもモーツァルトは彼にしか作れない音楽を生み出した」

「……じゃあ答えはモーツァルト？」

「はい。死とは、モーツァルトが聴けなくなること」

「はい？」

「誰の言葉だと思います？」

「さあ？」

「アインシュタインです。彼はモーツァルトの音楽をこよなく愛していたそうです」

「なるほど、モーツァルト、すごいんですね」

「ふたりとも次元が違います」

みちの言葉に、新名がフッと笑う。

「たしかにふたりには及びませんね。でも、僕たち人間は何もないところから、何かを生み出すことはできる。ＡＩにはできないけど」

「……そうですかね？」よくわからずに、みちは曖昧な返事をした。

「すみません、なんかうまいこと言いたかったんですけど」新名は苦笑いだ。

「なんとなく元気づけられた気がします」

話をしながらも、みちと新名は手を休めずに段ボール箱の中を探し続けた。

「あ、吉野さん、時間……？」新名がふと気づいて言う。

「はい、まだ全然。それより、新名さん、ひとりで探そうとしてたんですか？」

「まぁ」新名はごまかすようにうなずく。

みんなを早く帰らせるために、先に帰るふりして……なんて気遣いできる人なんだ……。

前々からいい人だとはわかっていたけれど、改めて感心してしまう。

「こっちかな？」

新名が取り出した大きな段ボール箱を、みちものぞきこんだ。互いの息が触れ合うほど近い。なんだか急に意識してしまう。と、棚に置いてあった新名のスマホが震えた。

「すみません」

「どうぞどうぞ」ドキッとしたみちは、ホッとした。

「まだ会社、うん……うん」新名の電話の相手は妻なのだろう。穏やかな表情を浮かべながらうなずいている新名を、みちはチラリと見た。でもすぐに視線をはずし、探し物を続けた。

「探し終わったら、帰る。ちょっと遅くなると思う」

電話をしながら、新名はみちが作業していることに気づき、自分も探し始める。

「大丈夫ですよ」

みちが小声で言うと、新名が申し訳なさそうに頭を下げた。そして「あっ！　これだ、これ！」と声を上げ、探していた図面を手に取った。みちは嬉しくなり小さく拍手をした。でもそんなみちなど目に入らない様子で、新名は電話口に向かって笑顔で話している。

「見つかったよ、うん。よかった。ごめん、心配かけて。楓《かえで》も、頑張ってね」

「お先に失礼します」と資料室を出たみちは、エントランスに向かうエスカレーターに乗った。スマホを取り出して、陽一のトーク画面を開く。

《どれくらいかかる？》

メッセージを送るとすぐ既読がついた。

《0時越えるかも、先寝てて》

結局、陽一は約束を守らなかった。

《わかった。一応帰る前に連絡して》

落胆しながらも返信を打つと、またすぐに既読がついた。でも、返信はなかった。

私にとっての今日と、陽ちゃんにとっての今日は重みが違う……。

怒りと悲しみでいっぱいになりながらエスカレーターを降りていると、降り口の小さな段差に足を引っ掛けて転んでしまった。

「痛てっ！」

膝を擦りむいた挙句《あげく》に、オフホワイトのワンピースが汚れてしまった。みちは地面に座りこみながら、街路樹の桜の木を見上げた。強く吹いた風が桜を震わせ、花びらがみちの頭上からふりそそぐ。

なんでこうなっちゃったんだろう……。

桜の花びらがみちの目の前を落ちていくのを見つめながら、みちは陽一と暮らし始めたころを思い出していた――。


狭いアパートの小さな窓を開け放つと、春風が桜の花びらを運んできた。ふたりで暮らす新しい部屋で、みちは陽一に肩車してもらって、電球を取り替えようとしていた。ただでさえ不安定で危なっかしいのに、陽一はふざけてみちの脚をくすぐってくる。

「やめてー、進まないじゃん！」

声を上げると、陽一はわざとグラグラと体を揺らし、床に置いてあった作りかけの桜の花のパズルを踏んでしまった。

「あぶなっ！」

みちはバランスを崩した。そのままベッドに崩れ落ちると、陽一がおおいかぶさってきて、キスをした。みちはそのまま陽一にされるがままになって……。

どこかで聞いたことがある。夫とのセックスが懐かしくなったら、それはレスだ。

まさに今みちは、同棲したばかりの頃を懐かしく思い出していた。

すべてが終わった後、陽一は力が尽きたようにうつ伏せになって眠っていた。その汗ばんだ背中に頬を寄せると、パズルが一ピースついていた。みちは桜の花びらのようなピンク色の一片をいとおしく見つめた。この幸せな光景を忘れないようにしよう……。

今すぐ子どもが欲しいわけじゃない。ただしたいわけじゃない。私は陽ちゃんとしたいんだ……。

みちは川沿いの歩道の手すりに寄りかかって、缶ビールを飲んでいた。少し前まで肌寒かったけれど、もうすっかり春だ。夜風が頬に心地いい。やりきれない気持ちをごまかすように飲んでいると、川の反対側の道を、新名が歩いているのが見えた。

「あ」

みちは慌てて姿勢を整えた。遊歩道をゆっくり歩いていた新名も、みちに気づいた。

「あ」

新名は缶ビールを飲む仕草をしながら、笑いかけてきた。みちも照れ笑いを返した。

数分後、二人はベンチに座り、新名が買ってきた缶ビールを開けた。みちは新名にもらった二本目の缶を開け、ふたりでささやかに乾杯した。

「寄り道してたんですね」

「今夜は夜風が気持ちよくて」みちは二本目を喉に流しこみ「うん、うまい」と、うなずいた。

「汗水垂らした後のビール、最高ですね」

「AIには味わえない」

「たしかに人間の特権かもしれない。でも、知ってました？　すでに味覚感知もできるし、料理ロボットもいる」

「うーん、でも、ロボットには失敗した料理は作れない」みちはムキになって言い返した。

「失敗した料理？」

「卵を焦がせるのは人間だけです」

みちの言葉に、新名は感心したように黙りこんだ。「それを笑って食べられるのが人間のいいところですから」

「そうですね」

新名が笑っているのを見て、みちは苦笑いを浮かべた。

「なんで私、AIにケンカ売ってるんでしょうね」

「チャレンジャーですね」

穏やかに笑いながら、新名はふとみちのワンピースの裾に視線を移した。

「あ、それ、もしかして資料室で」新名は汚れを気にしている。

「いえ、さっき派手にコケました」

「だ、大丈夫ですか？」

「あー、ボロボロです」

それよりも、みちは新名のことが気になっていた。

「そんなことより、こんな時間ですけど、大丈夫ですか？　お電話、奥さまでしたよね？」

「妻も遅くなるらしいんで」

「たしか、雑誌の副編集長さん、ですもんね？　すごい。かっこいいです」

みちが言うと、新名は遠慮がちに頭を下げた。「吉野さんのご主人はどんな方なんですか？」

「あぁ……カフェで働いてます」

「素敵ですね」

爽やかに言う新名の言葉を聞いて、みちは噴き出してしまった。

「全っ然。自分の好きなことしかやらないし……自分のこと以外興味ないタイプの人で……」

「男なんてそんなもんですよ」

「何言ってるんですか、奥さま想いだって有名ですよ、お弁当作ったりしてるんですよね？」

「まあ。でも料理も好きなんで」

「うちなんて好きだから飲食店の仕事してるのに、包丁に指一本触れないですからね……あ、すみません、うちの夫婦の愚痴なんて、新名さんちみたいなキラキラ夫婦の前でお恥ずかしい」

「キラキラだなんてほど遠いです」新名は照れくさそうに笑っている。

「またまたー、私に合わせないでください。うちなんか、もう最近、ミジンコみたいな問題に私ひとりで頭抱えてて」

「夫婦なら、そういうのありますよね」

「新名さんには絶対ないことです」

「そんなことないですよ」

「ないですないです。絶対ないです」みちは否定しまくった。

「うちもいろいろありますよ――」

「やめてください、惨《みじ》めになるんで」みちは新名の言葉を遮って、言った。

「うち、セックスレスなんですよ」

思わず口をついて出たみちの言葉に、新名も二の句が継げなかった。

「ハハハ、教えてください、どうしたら色気って出ますかね？」

みちは我にかえり、自分がしゃべりすぎていることに、気づいた。

「あ……私、酔っ払ってますね、すみません」

「まいったな……」新名は困惑している。

「そうですよね、忘れてください」

「あの……」

新名が口を開いた。でも、続きを口にしない。まるで時が止まったかのように、ふたりとも黙っていた。みちが新名をチラリと見ると、どこか寂しげな表情を浮かべている。視線に気づいたのか、新名はパッと笑顔になってみちを見た。

「腹減りませんか？」

「え、減りました」

そういえば夕飯を食べていない。

「うまいラーメン屋知ってるんです」

新名の提案で、ふたりはラーメンを食べにいくことにした。


玄関の扉を開けると、陽一の靴があった。先に帰っていたのか、と思っていると、ちょうど陽一がトイレから出てきた。

「た、ただいま」新名とふたりで食事をしてきたので、ほんの少し後ろめたい。

「みちも遅かったの？」寝ていた陽一の髪には寝癖がついている。

「……うん、残業してた」

「そ」短く言って寝室に戻りかけた陽一だが、再びみちのほうに戻ってきた。

「おかえり……あのさ、今日、ごめん」

「うん」みちは目を逸らすように、脱いだままの陽一の靴を揃《そろ》えた。

みちは、吹っ切れたような表情で、ふうと息を吐いた。

——ずっと誰にも言えなかったことを誰かに言えたことで、少しだけ心が軽くなった。


翌日、みちが会社が入るビルのエスカレーターを下りていると、新名が隣に並んだ。

「昨日は、どうも」

「すみませんでした……変なカミングアウトしちゃって」と、声を潜めて言う。

「僕なんかでよければまた相談に乗りますんで」新名も小声で言った。

「あの、私、ちょっと諦めかけてたんですけど、夫とちゃんと向き合おうって」

「はい。今度は僕のほうの、悩みも聞いてくださいね」

「ですから、私に合わせないでいいですって」

「……吉野さん、迷惑ですか？」新名は一瞬、真剣な表情になる。

「全然」

「よかった。僕は味方です」新名がやさしい笑みを浮かべた。

「え？　味方？」

みちが問い返したところで、「新名さん、車来てます」と、エスカレーターの下にいた田中が声をかけた。新名はみちに軽く会釈し、早足で下りていく。

「あ、プレゼン頑張ってください！」みちは新名の後ろ姿に声をかけた。


「同じ味なのに、どうして毎日飽きずに飲めるんだろ」陽一が店で焙煎《ばいせん》後の珈琲豆の下処理をしながら思わず呟くと、高坂がそっけなく言った。

「そりゃ、好きだからだろ。自分のコーヒー好きになったら、味も香りも、同じじゃないとダメだろ。他のなんて飲めなくなる」

「たしかに……」

「コーヒーの淹《い》れ方はバッチグーなんだけどよ、もっと客の入れ方考えろ」

高坂の言う通り、陽一は愛想もよくないし、親しい常連客などもいない。自分ではあまりそれを問題だとは思っていなかったけれど……。

この日はとくに客が少なかった。閉店の片づけをしながら、陽一は余ったコーヒー豆を見てため息をついた。


閉店の看板を出すために外に出てくると、休憩中のガードマンが店前のデッキにしゃがんでタバコを吸っていた。ドアが開いたことに気づいて、慌てて立ち上がる。

「あ、吸ってていいですよ」

「ｃｌｏｓｅ」の看板をドアに引っ掛けて店に戻り、コーヒーを淹れて再び外に出た。

「おじさん」

声をかけたけれど、タバコを吸っているガードマンは振り向かない。

「おじさんってば」もう一度声をかけて、どうぞ、と、コーヒーカップを差し出した。

と、振り返ったガードマンは女性だった。ヘルメットをかぶっているのでよくわからないが、陽一よりは若く見える。おそらくアルバイトのガードマンなのだろう。

「コーヒー飲めます?」

「好きです」

彼女がそう答えたので、陽一は改めてコーヒーカップを差し出した。彼女は飲んでいいの? という表情で、陽一を見ている。

「どうせ捨てるやつだから」

陽一が言うと、彼女は顎《あご》を突き出すように軽く会釈して、コーヒーカップを受け取った。そしてコーヒーを飲みながらタバコを吸う。なんともおいしそうに、目を細めている彼女の横顔を見ながら、陽一もタバコを取り出し、火をつけた。ふたりは無言でタバコの煙を吐き出した。


夜、みちはソファでゲームをしている陽一を見ていた。今夜も結局しないということなのか。みちは、さりげなく陽一のゲームをのぞきこんでみた。

「おんなじゲームばっかやって飽きない?」

「アップデートされるからね」

「ふーん」

「これ、最新作……。慣習とは反対の道を行け。そうすれば常に物事はうまくいく」陽一はみちに答えながら、ブツブツと呟いている。そして、うまくいったらしく「おおお、抜け穴見つけた」と、声を上げた。

「へぇ……私もやってみようかな」みちが言うと、

「……いいんじゃない」陽一は上の空でこたえた。みちは陽一の肩にもたれようと顔を近づける。

「……今度の水曜日だけど」

「ん？」

「私、早いよ」

表情をうかがいながら言ってみたけれど、陽一は無言でゲームを続けている。みちは勇気を出して、頭を肩にコテンと乗せてみた。

「……陽ちゃんも早く帰れる？」

「そういうのって約束してするもんじゃないんじゃない？」

陽一はさりげなくみちから離れた。でもゲームは続けている。

「……先に約束したのそっちだよね」

淡い期待を踏みにじられたみちは捨て台詞《ぜりふ》のように言い、立ち上がって寝室へ去っていく。その姿を見て、陽一は軽くため息をついた。

……何がダメなんだろう？

悶々《もんもん》としながら、みちがオフィスで図面のコピーを取っている。コピー機が吐き出す複雑な図面をボーッと眺めていると、なんだか、自分もこの複雑な図面の中にいるような気がしてくる。

……ずっと迷路に閉じ込められてるみたい。

走っても走っても出口が見つからない。迷路のような廊下をさまよっている。出られない。どうしよう……。

「順調ですか？」

いつのまにか近づいてきていた新名に声をかけられ、ぼんやりしていたみちは現実に戻った。

「はい、あと少しで終わります」

「いや、家のほうは……」

「あ、そっちは最悪ですね」

もう、苦笑いを浮かべるしかない。

「……そうですか」

「ま、コツコツ頑張ります」みちが明るい笑顔に変わると、新名も笑った。

「今日はノー残業デーですね」

「はい」

「……今夜も夜風が気持ちよさそうですよね」

その言葉の意図がわからず、みちは首をかしげながら新名の顔を見上げた。

「じゃあ」と立ち去る新名の背中を、みちは無言で見送っていた。


みちは缶ビールが二本入ったビニール袋を手に、川沿いの遊歩道を歩いていた。遊歩道のベンチの前を通りかかると、数日前に新名とビールを飲んだ記憶が蘇《よみがえ》ってきた。その思いを振り切って立ち去ろうとしたが、みちは、コピー機の前での会話が気にかかり、再びベンチのところに戻ってくると、昨夜と同じように腰を下ろした。

遊歩道を歩いてきた新名は、視線の先にベンチで座るみちを見つけた。胸が一瞬、高揚した。ふたり分の缶ビールが入った袋を手に、足を速めようとする。が、その途端に迷いが生じて、足を止めた。自分も、みちも、既婚者だ……。

「……」

新名は、踵を返し、その場から立ち去った。

みちはビニール袋の中の二本の缶ビールを見つめていた。新名の言葉を誘い文句だと勘違いした自分が情けない。ため息をついて立ち上がり、袋を提げたまま歩き出した。

新名が自宅の玄関を開けると、脱ぎっぱなしのパンプスがあった。新名はそれを靴箱に片づけ、ホッと息をついた。静かに上がっていき、寝室のドアを開けると、先に帰宅していた妻の楓がベッドで寝ていた。ぐっすり眠る寝息だけが聞こえてくる。新名は楓を起こさないようにそっとドアを閉めた。

帰宅したみちは部屋着に着がえて缶ビールを飲んでいた。なんとなく惨めな気持ちでいると、陽一が帰宅した。新名に思いの丈を吐露した夜のことがあって、みちは陽一の顔をまともに見ることができない。陽一はリビングにに入ってくると、みちが飲んでいる缶ビールを見て声を上げた。

「おおっ、一番高いやつ」

と、何事もなかったように飲みたそうな顔で、みちを見る。

「……冷蔵庫にまだあるよ」新名と一緒に飲もうかと思って買った缶ビールだとはもちろん言わない。

「うめー、幸せー」

缶ビールをぐびぐびと飲んだ陽一は嬉しそうだ。みちも一気に飲むと、軽くゲップが出た。

「もう一本いくか」

陽一は冷蔵庫を開け、缶ビールとグラスを二つ持ってきた。グラスにビールを注ぐと、きれいな泡ができる。

「こういうのだけはうまいよね」みちは皮肉を込めて言った。

「だけ」陽一がみちの言葉を繰り返す。

「だけ」みちはおかしくなって、笑った。こうして夫婦で笑い合える時間は、幸せということだろう。

不幸せじゃないことがどれだけ幸せなことか、私たちは忘れがちだ。

あるとき、スーパーの袋詰め台で買った商品をエコバッグに詰めていると、みちのスマホが鳴った。

「あ、お義母《かあ》さん」

陽一に助けを求めたが、陽一は背を向けてそばにあった雑誌売り場をチェックし始める。みちは仕方なく、電話に出た。

「はい、ご無沙汰してます。お元気ですか？　はい。なんとか元気にやってます。お誕生日に間に合ってよかった。パジャマ気に入ってくださいました？」

先日送った義母の誕生日プレゼントのお礼の電話だ。

「え～それ着て、お孫ちゃんと一緒に寝たい？　ハハハ。コウノトリが運んで来てくれるといいんですけどね」みちは陽一に聞こえるように、大きな声で言った。

それ、お宅の息子さんの役立たずなムスコさんに言ってくださいよ……。

みちは胸の中で毒づいた。でも陽一は聞いていない。

そのとき、陽一の目が、とある週刊誌の表紙に書かれた『妻だけＥＤ』というタイトルに釘づけになっていたことは、もちろんみちは知らない。そのタイトルの横には小さな文字で『これは病気？　ＥＤが言い訳？』と、書いてあった。

「お袋の言うことは無視していいから」

帰り道、陽一は唐突に言った。

「え?」

問い返したけれど何も答えず、陽一はみちが手にしていた重い荷物を持った。

「……それってもうしないってこと?」

「……え」

気まずい空気が流れそうになったとき、カチャン!と、音が鳴った。みちのバッグについた革製のキーケースが地面に落ちていた。

「……あ、壊れた」

拾おうとすると、陽一がさっと拾ってくれた。

「よく持ったほうだろ、これ、もう五年以上使ってんじゃない? ボロボロだな」

陽一の言葉を聞きながら、みちは結婚したばかりのことを思い出していた。

結婚し、ふたりでマンションに引っ越してきた。みちが荷物を片づけていると、陽一が革製のキーケースを差し出した。

「はいこれ、鍵つけといた。プレゼント」

陽一ははにかんだように笑っていた。

……いつの間にか陽ちゃんは変わっちゃったのかな？

みちは陽一の手からボロボロになったキーケースを奪って、早足で歩き始めた。


セックスレスの件はもちろん自分だって気になっている。買い物の帰りにみちが不機嫌になってしまったのもきっとそのことが関係しているのだろう。

夜、ソファでゲームをしながら、陽一はみちのほうをうかがった。みちは床に座って、ツボ押し棒で足ツボを押している。意を決して、ゲームのスイッチを切った。そしてソファから降り、みちの背後から肩を揉《も》んだ。

「え」

びくりとするみちの首筋に、唇を這わせる。

「何？　別にそういうのいいから」

みちは陽一から離れようとしたけれど、キスを続けた。

「ねえ、いいって……」

それでも陽一が続けると、だんだんとみちも応じてくる。

「……ちょっと、ごめん」

けれどみちはスッと立って、トイレに駆け込んだ。

陽一が急に求めてきたのは、あからさまなご機嫌取りだとはわかっていた。でも、体は反応した。なのに。なのに……。トイレに座り込んでいたみちは、がっくりとうなだれ、立ち上がった。

「陽ちゃん」

トイレから出ると、陽一はソファに座って「ん？」と、みちを見た。

「ごめん、生理きちゃった」

「……そっか。じゃあ仕方ないか」

陽一はサッと立ち上がり、キッチンに行った。

「ビールでも飲む？　あ、コーヒーのほうがいいか」

「うん……」うなずきながら、みちは気づいていた。

陽ちゃん、今一瞬ホッとしたの、私わかっちゃったよ……。

翌日、みちは職場で手が空いた時間に、スマホでショッピングサイトを見ていた。可愛いキーケースを見つけて「おっ」と声を上げたとき、新名が現れ、営業推進部部長に書類を渡した。

「萩原《はぎわら》部長、例の温浴施設の件、この内容で契約書案をお願いします」

「期限はいつ？」

「三日後にお客様と会うのでそれまでにお願いします」

部長と会話をしながら、新名はチラッとみちを見た。みちも新名の視線に気づいて顔を上げると、目が合った。みちはぎこちなくスマホに視線を戻した。

そんなみちたちの視線のやりとりを、華がめざとく見ていた。


帰宅したみちが夕飯の餃子を作っていると、陽一が帰ってきた。

陽一はいつになく上機嫌で、みちに紙袋を差し出した。

「はい、これ」

「え？　何？」

「開けてみ」と、言われて開けてみると、中には革製のキーケースが入っていた。

「たまたま見つけてさ、同じやつ」

「えー、私、自分が欲しいのネットで買っちゃったよ」

つい口から本音がこぼれた。「買う前にＬＩＮＥしてよー」

「っそ。わりぃ」陽一の顔から笑顔が消えた。そしてリビングを出ていってしまった。

「……」みちは、自分がしでかした過《あやま》ちに気がついて思った。

私もだ……変わったのは。

結婚したばかりのあの日、陽一からキーケースをもらったときは、こんな自分じゃなかった。

「プレゼント」と、はにかんだような笑顔を見せている陽一からキーケースを受けとったときは、全然趣味じゃなくても、突然のプレゼントというだけで嬉しくて、みちは「ありがとう」と、心から笑顔を返せた。

嘘でもあの頃は、自然に『ありがとう』って言えたのに。私が変わらなきゃ、まず私が……。


翌朝、出勤する支度を整えたみちは、仕事に行く前の陽一に声をかけた。

「最近さ、ちょっとケンカっぽくなったりで、私も、なんか、ごめんね」

真面目に声をかけたけれど、陽一は忙しそうに家を出る支度を続けている。

「陽ちゃんの本音が聞きたくてさ……ちゃんと話さない？」

声をかけ続けるけれど、陽一は無視を決め込んでいる。

「朝からごめんね、でも」

「夜でいい？」

陽一は短く言った。

「ねぇ、ちゃんと座ってよ」

「もう行かなきゃ」

「時間がなかなか合わないから、今話そう」

「……仕入れの人来るし、無茶言うなよ」

陽一はみちを振り切って部屋を出ようとした。

「少しでいいから」

みちは引き下がらなかった。「陽ちゃん、お願い」

「じゃあ言うけど、面と向かってさ……そういうの言われると、こっちはしたくなくなるんだよ」

その言葉に、みちは想像以上にショックを受けた。

「だ、だって、子ども欲しいって言ったよね？」

「はいはい」陽一は面倒くさそうな顔でカバンを引っ掴み、仕事に行こうとする。

「出た、その顔」と言い、みちは「待って」と、陽一の前に回り込んだ。

「プレッシャーなんだよ」

陽一は長い前髪の下から、みちを見ている。その目はとても冷たい。

「プレッシャーって……」みちは愕然とする。

陽一は呆《あき》れたような顔で、部屋を出ていこうとする。

「私、今までこういうこと言わなかったよね」

「ちょっとしてなかっただけだろ」

「……最後にセックスしたのいつか覚えてる？」

「だからさ」陽一が次に何か言葉を発する前に、みちは言った。

「二年だよ！　もう二年もしてないんだよ！」

「そんなにしたかった？」

みちは、言葉を失った。

「みち、性欲強くない？」

なんという言い草だ。みちはクッションを陽一に投げつけ、バッグを掴んで家を出た。

職場でコピーを取っていると、紙詰まりを起こしてしまった。もう、何もかもがうまくいかない。みちは泣きたくなる気持ちを堪えながら、用紙のトレーを開いて直そうとする。と、新名がやってきて、何げなく手伝ってくれた。

「すみません」

「吉野さん、今日どうですか」新名は手伝いながら、みちにだけ聞こえるように言った。

「え」

「もしよければ」

そう言われたけれど、みちは即答できなかった。新名はみちの言葉を待っている。

数秒考えてから、みちは口を開いた。

「……すみません。今日はちょっと」

「……そうですか」

残念そうにしている新名の隣で、みちは苦笑いを浮かべた。

「……今朝、夫にクッション投げつけました」

「え?」

「今晩夫婦ゲンカの続きです」

「……ああ」

「向こうは逃げるのうまいから、どうなるかわからないですけどね」

「……ムリしないでくださいね」新名はいつもやさしい。

「今は少しムリしようかなって思ってます。ハハ、当たって砕けろって感じです」

笑い飛ばすみちを、新名は感心したような表情で見ていた。

会社を出たみちは陽一の勤務先であるカフェに向かっていた。眉間にしわを寄せ、あれこれ考えながら歩いていると「足元、気をつけてください」と、ガードマンに声をかけられた。小さく会釈をして通り過ぎると、カフェの看板が見えてきた。深呼吸をして気持ちを落ち着かせ、店の扉を開けた。

「おう」ひとりで閉店後の片づけをしていた陽一が、顔を上げた。

「……ごめんね」

「ううん、もうお客さんいないし。座って」

陽一にすすめられ、みちはカウンター席に座った。陽一がコーヒーを新しく淹れ始める。

「あ、余りのでいいよ」

「せっかくだろ、淹れるよ」

「うん、ありがとう」みちはカウンターの中でコーヒーを淹れる陽一を見つめた。

帰宅した新名はふたり分の料理を作り、テーブルに並べていた。

「ただいま」

そこに楓が帰ってきた。楓は今日も、ファッション誌の副編集長らしい、洗練されたファッションに身を包んでいる。とはいえ、楓の美しさは容姿の美しさとファッションセンスだけが理由ではない。内面の凜《りん》とした性格からもたらされているものだと、新名は思っている。

「おかえり、すぐ食べる？」

「腹ペコ、死にそう」

深くうなずく楓の様子がおかしくて、新名はほほ笑んだ。ふたり分のスープの準備を始めたとき、楓のスマホが鳴った。

「死にそう……」楓はスマホの画面を見てうんざりした声を出したが、気持ちを切り替えてはきはきと電話に出た。「はい、はい、うん、大丈夫、うん」

話しながら、楓は新名に向かって「ごめん」と手刀を切るような仕草をする。新名は笑顔でうなずいた。

「すぐ戻る……平気……うん、データだけ送ってもらえる？」

楓は一度リビングから出た。そして電話をしながら慌ただしく戻ってきて、タブレット型の電子メモに何かを走り書きし、新名のほうに向けて見せた。

気をつけて。新名は口の動きで伝えた。楓はうなずき、さっきと同じように「ごめん」という仕草をしながら、荷物を持って部屋を出ていく。

楓が見せてきた電子メモを見ると大きな字で『食べる！』と書いてある。新名はほほ笑んだ。

「今朝、ごめん」陽一が先に切り出した。

「私こそ」

「みちにはお見通しか」

「今夜も帰り遅いかなと思って」

みちの言葉に、陽一はうつむいて笑っている。

「家で待ってても、また冷静になれなくなりそうで」

「……たまにケンカもいいらしいよ」

「何に？」尋ねると、陽一はカウンターから出てきてみちの隣に座った。

「俺は、今まで通り暮らせたらいいかなって」

「え」

「……まぁ、なんていうか、俺らってもう新婚ってわけじゃないし、こう……夫婦ってそれだけじゃないじゃん」

「それだけって？」

「お互い働いて、それなりの生活できてるし、性格もぴったりだし、仲良いだろ、楽しいだろ。それって十分夫婦として成り立ってると思うんだよ」

「……」

言葉が出なかった。陽一にとっては「それ」でしかないのか。

「陽ちゃん、私はね、ただエッチがしたいわけじゃないんだよ。陽ちゃんに愛されてるって感じたいからなんだよ？　それって夫婦にとって大切じゃない？」

「愛してるから結婚してるわけじゃん」

「愛してたらお互い求めたいって思うのが普通じゃないの？　どうして陽ちゃんは平気なの？」

「……平気っていうか」陽一はそこまで言って、黙った。みちは次の言葉を待った。

「……わかった、うん、これから努力するよ」

「努力って……」みちは再び言葉を失った。

「俺さ、ＥＤ……かも……しれない」

陽一は薄ら笑いを浮かべながら、口を開いた。

「え……」

みちは陽一の顔を凝視してしまった。陽一はカウンターに入っていき、背中を向けて片づけを始めた。

「そっか」

みちはその背中に向かって言った。「ごめんね、気づいてあげられなくて」

「……」

無言で振り返った陽一に、みちはにっこりと笑った。


店を出ると、みちは早足で家までの道を歩いていた。

陽ちゃんはズルい。下手な嘘をついて、逃げた。

もう、どうでもいいような気がする。いや、どうでもよくないけれど、でもそう思わないとやっていられない。みちはもやもやした感情を振り切るように歩き続けた。

※

今夜は職場のお花見だ。仕事中からみんなどこか浮ついている。

「場所取り行ってきます！」

華や田中らの若手が荷物をまとめ、仕事中のみんなに声をかけ「お、花見先発隊！」と、送り出されようとしている。

「もう行くの？」みちは驚いて華を見た。

「早く行かないと混んじゃうんで！」

「もうそんな混まないって」

みちが言うと、別の同僚も「仕事サボりたいだけでしょ」と言う。

「これも大事な仕事です！」お花見先発隊組の木下《きのした》の言葉に、みちはおかしくなって笑った。

でも、なーんかラクになった。心も体も満たされたいなんて贅沢《ぜいたく》だったんだ――。以前と人が変わったようにニコニコしているみちを、新名が見ていた。でもみちはその視線に気づいていなかった。

「営業一部・推進部の皆さん！　時間厳守でお願いしますね！」

田中は『大変遅くなりました。散りかけですが、お花見やります！』と書かれた掲示板を指し、場所取りに向かった。

夜桜の下、営業一部・推進部の社員たちは花見を楽しんでいた。華はちゃっかり新名の隣に座っている。みちは少し離れた場所で同僚と話していた。その同僚が別の場所に移動するタイミングで、新名が立ち上がった。

「あー新名さん！　お酒なら私取りに行きますよ」

華が声を上げたが、新名は「平気平気」と、酒を手にさりげなくみちの隣に腰を下ろした。

「大丈夫でしたか？」新名はみちに尋ねてきた。

「え？」一瞬、なんのことだかわからなかったけれど、すぐに気づいた。「あっハイ！　すごくラクになりました」

「そうですか……」

そう言うと、新名は真剣な顔で目を見つめてきた。何もかもを見透かされているようだ。動揺したけれど、どうにか隠してへらへら笑った。

「ちょっといいですか」新名はいつになくきっぱりとした口調で言った。「ちょっと買い出し行ってきますね」と、立ち上がって同僚たちに声をかける。

「僕行きますよ」

田中が立ち上がったけれど、新名は「大丈夫、吉野さんが一緒に来てくれるって」と、みちを見た。みちも急いで新名を追った。

「ラクになったって、本当ですか？」

喧騒《けんそう》を逃れると、新名が尋ねてきた。みちは「え」と、言葉に詰まった。

「本当にそう思ったんですか？」

「……思いましたよ」

歩きながら、さらにみちは言葉を続ける。

「難しいクイズがようやく解けた感じっていうのかな。夫婦生活って、わざわざ波風立てる必要ないんですね。真面目に向き合ったほうが、バカを見る……。あのう、どうしてそんなこと言うんですか？」

みちが言うと、新名は一歩前に出て、みちの前を歩きながら真面目な口調で言った。

「全然そんな風には見えなかったので」

「……やめてくださいよ。面白いですか、私の不幸話？」

強気で言い返しているつもりなのに、鼻の奥がツンとしてくる。「もう、やっとです、やっと、いろんなこと考えなくていいんだって」

無理して饒舌《じょうぜつ》に振る舞うみちを、新名がじっと見ている。

「吉野さん……」

「すみません、なんか酔っ払っちゃって」

「……飲んでないですよね」

鋭い指摘にみちは苦笑いを浮かべ、新名を置いて、歩き出した。

私はもう満たされることはない。このままきっと……女として終わっていくのかな……。

桜の花は、ちょうど今夜が見頃だ。歩くみちの周りを桜の花びらが散っていく。泣いちゃダメだ。我慢しようとすればするほど、涙があふれてくる。

しばらく立ち尽くしていた新名は我に返り、みちを追いかけた。背中を震わせて歩くみちの背中を見つけて、声を掛けた。

「吉野さんだけじゃないです」

振り返ったみちは、泣いていた。

「うちもセックスレスなんだ」

新名の告白に驚き、みちは言葉を失った。

「相手に背中向けられて、拒否される気持ち、すごくわかるから。痛みって一瞬我慢できても、その後も、ずっと残るから。傷がずっと残るみたいに」

「……私、陽ちゃんへの気持ちに線を引いたら、自分が傷つかずに済むと思ったんです」

みちが泣きながら正直な気持ちを口にしたところで、遠くから声が聞こえてきた。

「やきとり食べたーい」「たこ焼きがいいひとー？」などとみんなに尋ねながら、華と田中ら、若手社員たちが歩いてくる。気づいた新名はみちの腕を摑み、かばうようにして近くの木陰に隠れた。息をひそめている新名とみちのそばを、華たちが通り過ぎていく。華は新名たちを探しているのか、きょろきょろあたりを見回しながら通り過ぎていく。

みちは必死に涙を堪えようとした。でも、涙が止まらない。新名は思わずみちの肩を抱こうと手を伸ばした。

でも、触れてはいけない。新名は力なく手を下ろした。みちは静かに、泣いていた。

この日も店は閑散としていた。陽一が閉店準備にかかろうかと思ったとき、店の扉が開いた。

「いらっしゃいませ」

見ると、見たことのない女性だった。でもその客は陽一と目が合うと軽く会釈をした。

誰だかわからずに目を細めると、女性が敬礼のポーズをした。

「ああ」

その客は、私服姿のガードマンの女性、三島結衣花《みしまゆいか》だった。仕事のときと同様、化粧っけはないが、目力が強く、はっきりした顔をしていて、どこか色気がある。

「……コーヒー」

結衣花は最初から決めてきたようだった。彼女の変化に驚いていた陽一は「……はい」と、小さくうなずいた。

「ただいまー」

楓が帰宅すると、珍しく新名がいなかった。そういえば会社の花見だと言っていた気がする。カウンターキッチンの上に、《ちゃんとお皿使って食べてね》と書かれた電子メモパッドが置いてある。冷蔵庫から新名が作り置きしていた昨夜の夕食のタッパーを出し、レンジに入れて温め、仕事の資料を片手に、タッパーのまま料理を頬張った。

新名は木陰で、みちに寄り添っていた。

「……ごめんなさい、もう大丈夫です」

みちは涙を拭《ぬぐ》い、顔を上げた。「買い出しに行きましょう」

その気丈な様子を見ていた新名は歩き出そうとしていたみちを、抱き寄せた。

新名は、自分でも突然の行動に驚いていた。しかし、みちが流した涙は、まるで新名自身の中にずっと溜まっていた涙のように思え、思わず抱き寄せてしまったのだ。

新名は腕に力をこめ、みちを抱きしめた。

2

まずは一度豚肉を湯通しして、オイルカットをする。これで、脂質を気にしていても、酢豚を食べてくれる……。

楓のことを思いながら、夕飯の調理をしていた新名のスマホにメッセージが届いた。

《今から帰る～！　はらぺこ》

画面を見てほほ笑み、酢豚を皿に盛りつけた。

テーブルの上に料理を並べ、自分の席に座って待った。今から帰るということだったけれど、楓は帰ってこない。酢豚にラップをかけた。しばらく待っているとスマホが震えた。まだ帰れないという連絡だった。楓の分の酢豚は、タッパーに移し替えた。

帰りが遅くなるのは、いつものこと。

「いただきます」新名はひとりで夕飯を食べ始めた。

翌朝、目覚めるとベッドの横には誰もいなかった。楓が眠った形跡もない。リビングに出ていくと、誰もいなかった。ソファには枕代わりに使ったクッションや毛布が置いてあって、寝た形跡がある。テーブルの上にはコンビニで買った野菜ジュースの紙パックや栄養ドリンクの空き瓶が入ったレジ袋が置いてあった。新名は袋を開け、ゴミを分別した。

……楓は遅く帰ってきて、俺を起こさないようにソファで少し仮眠して、仕事へ行く。テーブルの上を見るとどら焼きがひとつ置いてあった。袋には付箋が貼ってあり《差し入れパクってきた、まことが好きなやつ！》と、赤いペンで書いてある。そばには楓がいつも原稿への赤入れ用に使っているペンが転がっていた。

楓のきれいな文字を見ながら、新名はほほ笑んだ。楓は忙しいなか、俺のことを思ってくれている。と、自分に言い聞かせる。

出勤し、書類を出すためにカバンを開くと、持ってきたどら焼きがこぼれ落ちた。

「新名さん、僕と一緒ですね！」

田中がすかさず声をかけてくる。「エナジー補給、僕はこれです」そして自分の鞄からバナナケースを取り出し、その中からバナナを出してニッコリと笑った。

相変わらず無邪気な田中の振る舞いに新名は笑みを浮かべながら、ふと顔を上げた。

みちがコピー機に向かう姿が目に入る。

うち、セックスレスなんですよ――。

そうみちが言ったあの日の夜の記憶が蘇ってくる。

あのあと、黙ってしまった新名にみちは気まずそうに忘れてください、と、言った。

新名は結局、何も言えなかった。でも……。

ずっと誰にも開けられなかった扉が、そのときふと、ひらいてしまったような気がした。俺自身、開けることができなかった扉を……。

新名はどら焼きをカバンにしまった。視線はどうしてもみちを追ってしまう。

もし許されるなら俺も……彼女に打ち明けられるだろうか。

またみちと話がしたいと思う。

あの夜だってそうだった。終業後に、再び川沿いの道でみちの姿を見つけたとき、足を早めようとした途端に迷いが生じ、結局足を止め、それ以上踏み出すことができなかった。

それを口に出してしまったら……それは本当のことになってしまう。

一切手をつけられた形跡もなく、冷蔵庫の中に残されていた酢豚。一人で眠る冷たいベッド。夫婦の会話もわずかしかなく、すれ違う毎日……。そんな日々を重ねることで、新名の心の中に何かが溜まっていったのかもしれない。

花見の夜、涙を流すみちを前に、新名は気持ちを抑えられなくなり、みちを抱きしめてしまった。

彼女のその涙は、俺の中にずっと溜まっていた涙のように思えた――。

花見の夜に何かが動いたのは新名だけではなかった。

あの夜、帰宅したみちが寝室のドアを開けると、陽一が背を向けて眠っていた。みちは陽一を起こさないように入っていって部屋着と毛布を取り、静かにドアを閉めた。ソファに横になり、毛布を深くかぶった。

なぜかずっと、ただ心臓の音だけが響いていた……。

翌日、みちは仕事にも身が入らなかった。手元の書類を見つめてぼんやりしていると、華が顔をのぞきこんできた。

「先輩、ずいぶん、時間かかってましたよね？　ニーニャ様との買い出し」

「え？」

「お花見のときの」

「……コンビニが混んでたの」みちはとっさに取りつくろった。

「ふーん」華は含みのある笑みを浮かべた。


その日の午後、みちが大型の契約書を持って廊下を歩いていると、営業帰りの新名が部下とエレベーターを下りてきた。

「先方との明日の打ち合わせのときじゃ遅いですよね」

「飲食へのテナント変更だから、早めに伝えたいな」

「設計部見てきます。もう戻ってるかもしれないんで」

部下がエレベーターのほうに引き返そうとしたので、

「じゃ、それ戻しとくよ」と、新名は部下の持つ紙袋を手に取った。そして一人で歩き出そうとしたとき、みちに気づいた。でも新名はさっと方向を変え、廊下の角を曲がっていってしまった。

「え……」

今、新名さんに避けられた？　避けられたよね……。

陽一が店の外を掃除しようと出てくると、ガードマンの格好をした結衣花がタバコを吸っていた。目が合い、互いに軽く会釈を交わす。

「コーヒーのサービスはないよ」

声をかけると、結衣花が「ケチですね」と真面目な口調で返してきた。

「またいつでもどうぞ」陽一は笑って言った。

「そろそろあの現場終わるんで」結衣花が言うように、工事現場を見ると、ほぼ終わっているように見える。

「そう……」

「コーヒー、タダですか?」

結衣花は手にしていた赤い誘導棒で店先のアルバイト募集の張り紙を指した。「ここで働いたら」

「……まぁ」陽一は曖昧にうなずいた。


夜、みちが晩ご飯を一人で食べていると、陽一が帰ってきた。

「おかえり」笑いかけると、陽一が少し驚いたように「ただいま」と言う。

「私もう先に食べたから。今日オムライス、チンして食べて」

食事を終え、食器を洗っているみちを、陽一はじっと見た。

「なんで？」

「え」

「なんで、そこで寝たの」陽一は顎でソファを指した。

「あー、昨日遅かったし」

「今日もそこで寝んの？」

「え……どうして？」

「そのつもりだった？」

「あ、オムライス、焦げてるけど勘弁してね」

みちが陽一の視線を振り切って寝室に入ると、陽一も寝室まで来て、さらに続けた。

「なんなの？」陽一が真剣な顔でみちを見ている。

「……なにー、どうしたの？」あえて笑い飛ばすように言ってみる。

「だから、なんで？　そういう態度」

「そういう態度って……」

「他人みたいな態度だよ」

「そう？」みちはすっとぼけた。

「なんか、そういう、白々《しらじら》しいの耐えられないんだよ」

「勝手だよ、陽ちゃん」

みちは笑顔を引っ込めて言った。「自分だけ楽に生活しようなんて、しないでよ！　EDだなんて嘘ついて、逃げて」

真剣に責められた陽一は、意外そうな表情を浮かべた。

「私としたくないんでしょ？」

陽一は黙ってしまう。

「白々しかった？　私が？」みちは自虐的な笑みを浮かべた。「私の、そういうとこには敏感に気づいて、それでいつも通りにしろって怒って。ずるいよ……ずるい……私には逃げ場もないんだよ」

「……ごめん」陽一はやっとのことで言葉を振り絞った。

「……陽ちゃんはずるい」

「俺がひどいことしてるっていうのはわかってる……でもこれだけはわかってほしい」

陽一は真剣な口調で言葉を続けた。「みちのこと、大切な家族だと思ってる」

「……家族でも私には必要なことなの、だって夫婦だよ。他の家族とはしないでしょ？　同じ家族でもそれって全然違うよ」

思わず涙がこぼれてしまう。

「俺、みちと、離れるなんて考えてないから」

きっぱりと言う陽一に、みちは不意を突かれた。ふたりはしばらく無言で向かい合っていた。陽一は近づいてきてみちを抱きしめようとしたけれど、直前でやめた。

「今夜は、みちがベッドで寝な」

そして陽一は、みちから離れ、一人リビングのソファに座ると、大きくため息をついた。

みちは洗面台の前に立ち、気持ちを落ち着かせた。

嬉しい。すごく嬉しい。……なのに……それでも陽ちゃんは抱きしめてくれない。陽一の言葉はみちの心に刺さった。でも、言葉だけでは満たされなかった。

新名がベッドでうたた寝をしていると、リビングから物音が聞こえた。寝室を出てリビングに行くと、楓が帰宅していた。

「あれ、まだ起きてたの」

「おかえり」

「ただいま。あー疲れたー」

「何か飲む？」

「ううん、大丈夫。もう寝て」

楓は言うが、新名は「カモミール？」と、尋ねた。

「……ごめん、いいですか」

楓は遠慮がちに、でも嬉しそうに、新名を見る。

「もちろんです、副編集長」

新名はおどけた口調で言った。

「明日校了だからまた遅いかも」

「明日っていうか今日だよね？」

もう、0時を回っている。

「ううん、明日！　だって今日はまだ終わってないの」

「え、もしかして」

「これからリモート、ちょっとだけ打ち合わせね。あ、ほんと、もう寝てね」

「……いいよ、これくらい」

新名はキッチンで準備を始めていた。

「でも、誠も明日あるでしょ」

「お湯入れて、茶葉蒸《む》らして三分、これくらいさせてよ」

「ありがと」

耐熱ガラスのティーポットにカモミールの茶葉を入れて、湯を注ぐ。

「三分経ったら寝るから」

「ごめんね……なんか……」

と、楓のスマホが震えた。ふたりは一瞬、目を合わせた。楓はスマホの画面を見たけれど、出るのをためらっている。

「出な、悪いから」新名はほほ笑んだ。

「でも……三分後、またかければいいよ」

楓は言うけれど、スマホのバイブは止まる気配がない。

「あ、俺の前じゃ出られない電話だ」新名はあえておどけた口調で言う。

「ごめん！」

楓は新名に背を向け、電話に出ると、忙しそうに後輩に指示を出し始めた。

たった三分間にも満たない夫婦の時間……。

新名は胸の中でそう呟きながら、ハーブティーをカップに注いだ。

電話で指示を出している楓のそばに、そっとカップを置いた。楓は新名を見て「ありがと」と、唇を動かす。

「おやすみ」

新名がささやくと、楓も口の動きだけで「おやすみ」と、返してくる。新名は楓に笑いかけて、リビングを出た。

楓はひとりになってホッとしたのか、再び仕事モードになって、電話に向かってまくしたてた。


「わーやったーひろーい」

ひとり寝室でベッドに寝転がったみちは、気分を高揚させようと声を上げてみた。でもなんだか寒い。縮こまると、陽一のスペースができた。

いずれこれがあたりまえになっちゃうのかな。ひとりぼっちが……。

みちはいつもだったら陽一が眠っている右側に、ごろりと寝返りを打った。

同じ頃、新名も寝室のベッドでひとり、普段楓が寝ているスペースを空けたまま眠っていた。

それはまるで、遠くはなれているにもかかわらず、みちと新名、傷ついた二人が向き合って眠っているかのようだった。

※

出勤すると、新名のことが気になる。でも集中しなきゃと思っていると、新名が書類を手に推進部に現れた。あの書類を持っているということは、みちに用事があるのだろう。話しかけられるのを待っていると、

「北原さん、すみません、この書類が未処理で戻ってきたんですが。修正箇所を確認したくて」

新名はみちの隣にいる華に声をかけた。

「はい！　えーと……それはですね……えーっと……」

華は書類をのぞきこんだ。みちは新名に避けられたので知らん顔をして自分の仕事を続けていた。

「わからなければ、大丈夫です」

新名は戻っていこうとする。

「あ、待ってください」華は新名を呼び止め、「先輩、これなんですが」と、みちに声

をかけてきた。

「……ニのところが違う」みちは答えた。

「ここが違うようです」華は数字の「二」を指す。

「ん？　どこが違ってますか？」新名は華に尋ねた。

「あれ、間違ってませんね」華も書類を読み、首をかしげた。

「いや、そこじゃなくて、下」みちは言った。

「ああ、こっちじゃなくて下の条項二が違うみたいです」

「ここも合ってますよ」

「……ですね」

新名と華のやりとりを聞いていたみちは、

「いや、二番じゃなくてイロハニのニ」

と、華に言った。華はみちと新名の間に漂う不自然な空気を感じ取り、困惑している。

「……解決しました」

新名はみちと目を合わすことなく書類を持って営業一部に戻っていった。

楓はフォトスタジオで、次の号のタイアップ企画の撮影をしていた。

「背景色変えしまーす。ちょっとお時間ください」

カメラマンのアシスタントが言い、休憩となった。

楓は若手の編集部員、横井加奈《よこいかな》に声をかけた。

「横井さん。クレジットの確認、次の小道具は？　仕事は自分で探して動く」

要領の悪い加奈は「はい、すみません」と、小道具の花束を準備しにいった。

「次、生地の質感をしっかり見せたいんでお願いします」

楓はコンテを見せながら、カメラマンとアシスタントたちに指示を出した。

「楓、リラックス」

編集長の川上圭子《かわかみけいこ》が声をかけてきた。

「……すみません、編集長」

楓はピリピリした空気をつくっていたことに気づき、反省した。

「その呼び方禁止ね」

「……え？」

楓は不思議に思い問い返したが、撮影が再開された。

撮影終了後、圭子は楓に会社を辞めると打ち明けた。

「辞めるって……？」

「来年ぐらいにはね」

「……でもどうして？」

「思わない？　何で男は仕事して、遊んで、浮気なんかもできちゃうのに、女が出世しようと思うと仕事だけになっちゃうのかなって。結婚したり出産したりすると、会社って親切なふりして、時間に余裕のある部署に回そうとするじゃん」

圭子の言葉に、楓は深くうなずいた。

「私なんて異動にならないように必死です」

「でしょ、その女の必死さって、わかんないんだよ。油断したら足をすくわれる怖さ。積み重ねてきたキャリアを一瞬で奪われる危機感。……旦那とか呑気《のんき》に見えない？」

「たまに」楓は曖昧に笑った。

「だから、私は私のやり方でやってこうと思ってさ」

「独立ってことですか？」

問いかけると、圭子は笑顔でうなずいた。「楓さ、ここの編集長やる？」

「……え？」

「このご時世にやりたくないか」

楓は少しだけ考え、きっぱりと言った。

「……いえ、やりたいです」


日中、時間を見つけ、新名は入院中の母、幸恵《ゆきえ》のもとを訪ねた。

「顔色いいんじゃない、母さん？」

「うん。ここ最近いい」

最近、幸恵は病気でやつれていたが、今日はだいぶ調子がよさそうだ。

「よかった。なかなか来れなくてごめんね」

「何言ってんの。十分よ、だって、お隣の方なんて誰もお見舞い来ないのよ、それにはす向かいの方ね、月に一回だけ必ず月末に来て十分くらいしかいないの」

声をひそめて言う幸恵を苦笑いでたしなめ、新名は「父さんは？」と、尋ねた。

「なんにも言わずに来て、なんにも言わずに帰る」

「来てるんだ」

「私と同じで暇なのよ。あ、楓さん元気？」

「うん」

「そうでしょうね、フフフ、見てこれ」

幸恵は棚からファッション雑誌を取り出した。

「それ、楓の」

「そうなの、下の売店で見つけちゃった。いいのよね、見てるだけで元気になる」

幸恵は嬉しそうに雑誌をめくっている。実際、だいぶ読み込んでいる様子だ。

「楓も喜ぶよ」新名も誇らしい気持ちになる。

「母さん、上の食堂には行ける？」

「うん、体動かせって言われてるからね」

「俺、飯まだなんだ」

「そ、じゃあ行こ行こ」幸恵はベッドから降りようとしたが、「あ、待って……あ、まいっか」と、言う。

「なに？」

「そろそろお父さん来るかもだけど。お父さんにも会ってあげたら」

「話すことないし」

新名は目を伏せた。

「……じゃあ早く会社に戻りなさい。あ、その前に、売店行って買ってきてくれる？お茶っ葉切らしてて」

「これじゃだめなの？」

新名は自分が持ってきたペットボトルを指した。

「お父さんそういうの飲まないから」

「……ここでもお茶を淹れてあげてるの？」

驚いている新名に幸恵は「お財布そこね」と、言った。新名はそれ以上言わずに、売店に向かった。

父の顔色をうかがって自分の意見を言わなかった母。自分を犠牲にしているように見えた。だから、だろうか――。

売店で煎茶の茶葉を手に取りながら、新名は考えていた。

夢を仕事にして、自分を主張する楓に俺は惹《ひ》かれた。そんな彼女を自分が支えればいいと思ってた。思っていたくせに……いつのまにか楓の顔色ばかりうかがっている……。

楓は移動中のタクシーの中でも、ノートパソコンで原稿チェックをしていた。そこに電話がかかってくる。

「……今、赤入れて戻したからメール確認できる？　開いた？　まず一ページ目の見出しの内容、もっとキャッチーで具体的なワード考えて。ここに目が行くような言葉が欲しい。いくつか案出してみて」

気がつくと、病院が近づいてきた。停めてもらい、楓は運転手に「スミマセン、三分待っててもらえます?」と、頼んだ。

紙袋を抱えて病院に入っていこうとすると、ちょうど病院から出てきた新名の姿が見えた。

「誠!」

「楓……。どうしたの?」

「現場近くて、っていうか……ちょうどいいところにいた!」

楓は新名に持っていた袋を渡した。

「これ、カーディガン、お義母さんにいいかなと思って」

「楓?」新名は驚きと喜びの入り混じった表情で楓を見ている。

「この前の特集で載せたやつなんだけどさ、ごめん。もう行かなきゃ、渡してくれない?」

「うん」

「ありがと!」

楓は結局、幸恵の顔を見ることなく、タクシーに戻った。

みちが廊下を歩いていると、視線の先に新名がいた。

「先日お話ししていた春日アーチビルの入札期限ですが……」

取引先に電話をかけているようで、新名はみちには気づいていない。

「……はい、またご連絡いたします。失礼いたします」

電話が終わりそうだ。みちは踵を返そうかと思った。でも……。

逃げ回ってても何も変わりやしない。私たちはただの仕事仲間。今まで通り接すればいいだけ。

思い直して、そのまままっすぐ進んでいった。新名もみちに気づき、視線が合った。

「お疲れさまです」

みちは平然を装い通り過ぎた。

おしっ！　これでいい！

みちは、心のなかで小さくガッツポーズをした。

陽一に部下ができた。カフェの前の工事現場でガードマンをしていたあの女性、三島《みしま》結衣花《ゆいか》だ。ヘルメット姿ではなくなり、私服のVネックのセーターにエプロン姿の結衣花は、やはりどこか奔放な色気がある。

「この店のオーナーの高坂さん」

陽一はカウンター席の高坂を、結衣花に紹介した。

「はじめまして、三島です。よろしくお願いします」

「ちゃんと仕事、教えてやれよ」高坂は陽一に言う。

「彼女、いろいろバイト経験あって、教えることないから」

陽一が言う通り、結衣花は実に手際よくテーブル席を片づけていた。

「あ、そう。じゃ、これ教えて。これとこれだったら、どっち欲しい？」

高坂は結衣花にスマホの画面を見せた。そこには二種類のバッグがある。

「プレゼントですか」

「ああ、カミさんにね……若いコの意見聞きたくて」

「こっちでしょうね」結衣花はすぐに一方のバッグを指した。「若い彼女には。で、奥さまにはこっちを」と、結衣花はもう一方を指した。

「アハハ、なるほどね」高坂は笑いながら陽一に「怖いの雇ったな」と、言った。

「どっちが欲しいか、本人に聞けばいいじゃないですか」陽一は言い返す。

「それはプレゼントって言わねえよ」

「でも、欲しくないものをプレゼントされても、ただのゴミになるんですよ」

結衣花のひとことに、陽一も高坂も黙り込んでしまった。

閉店後の店内で、結衣花は椅子をテーブルに上げ、店内の掃除をしていた。

「何か飲む?」

カウンター内の片づけをしていた陽一は、結衣花に声をかけた。

「いいんですか」

「それが目的じゃなかった? タダで飲めるコーヒー」

「じゃあ、遠慮なく」

「酒かよ」

結衣花は戸棚に置かれたラム酒を手に取った。

「だめですか、ラムコーヒー」

いたずらっぽく笑う結衣花と陽一は、カウンターでラムコーヒーを飲んだ。ぽつりぽつりと話をしながら、結衣花は旅が好きだと言った。

「旅?」

「はい、旅ですかね、旅行」

「それが趣味か」

「趣味っていうか、転々として、いろんなところ」

「住んじゃう感じ？」

「東北にボランティア行って、そのまま住んじゃったり、九州にふらっと行って、そこに数カ月いたり」

たしかに結衣花は自由人の空気をまとっている。

「店長も好きなことしかできないタイプですよね。結婚とか向いてなさそう」

「そう？　してるけど」

「え……」結衣花は目を見開き「意外、してるんだ」と、笑った。

「よく言われる」

「店長ってあんまり人に興味がなさそうですからね」

「よく言われる」学生時代から、これまで何人に言われたことだろう。

「奥さん、苦労してそう。ちゃんと奥さんのこと見てます？」

「え……」

「結婚して妻になったら、夫以外に誰にも見てもらえなくなるんですよ」

「……バツイチかなんか？」思わず尋ねてしまったけれど、結衣花は「いいえ」と、笑って言った。


　今夜も楓は帰ってこない。新名が料理をタッパーに入れていると、玄関が開き、楓が電話で話している声が聞こえてきた。

「赤字反映されてなかったの？　じゃ、くすみが残ったまま？　なんだよそれ。うん、確認してまた連絡する」楓は乱暴な口調で言い、電話を切った。

「おかえり」

「……ただいま」楓が憮然《ぶぜん》と言う。

「大丈夫？」新名が肩に触れようと手を伸ばすと、楓はさっと避けた。そして乱暴な仕草でテーブルの上にパソコンと資料を広げ始めた。

「寝てていいのに」楓は新名を見ずに言う。

「うん、今日、ありがとうね」

「全然。誠、起きてなくていいから」

「うん、お腹は？」まだ冷蔵庫に入れていなかったタッパーの蓋を開け、お皿に移そうとした。

「いらない」そう言われたので蓋《ふた》をして、新名はハーブティーの用意をし始めた。

「聞こえなかった？」棘《とげ》のある言い方でそう言い放つと、楓はカバンから出したペットボトルの水を飲みながら、資料を確認し始めた。

「……ごめん」新名はタッパーを冷蔵庫に入れ、寝室へ行った。


朝、みちがテーブルで一人、朝食のトーストをかじっていると、ソファで寝ていた陽一が目を覚ました。

「昨日遅かったの？」

「……あ、おはよう」陽一は時計を見て「やべ」と、飛び起きる。

「早く出るの？」

「店にバイク置いてきたから、今日電車」

陽一は慌てて支度を始めた。

昨日の夜、飲んでたのか。

そう思いながら、みちはトーストをかじり続けた。

仕事中も気がつくとため息をついてしまう。浮かない顔で仕事をしながらふとスマホを見ると、新名からメッセージが届いていた。

《今夜、お会いして話せませんか？》

驚いて、思わず新名の姿を探すと、いつも通り自席で仕事をこなしていた。

新名さんからの連絡は、一瞬ちょっと嬉しかった。でも話ってなんだろう……少し怖い。

終業後、みちは、そんなことを考えながら社内のエスカレーターを下りていった。


みちはお洒落《しゃれ》なバーカウンターで新名と並んで座っていた。

「いやー緊張しますね、こういうとこ……缶ビールのほうがよかったかな」

「水割りください」

「じゃあ、ビールを」小洒落たバーに不慣れなみちは、結局いつものだ。

「吉野さん」新名が真面目な顔でみちを見た。

「はい」思わず、背筋を伸ばす。

「先日は軽率な行動をとってしまって、申し訳ありませんでした」

頭を下げられ、みちは「え」と、驚いていた。

「合わせる顔がなくて、吉野さんを避けてました。大人げなかったと思っています」

「いえ、私も」避けていたのは、みちも同じだ。

「僕は花見のとき、あなたを見て、まるで自分を見ているようで。勝手に吉野さんに重ねて、自分を慰《なぐさ》めたかったんだと思います」

新名の行動の真意を聞いて、みちはなんとも言えない思いになった。

「だから、吉野さんを抱きしめるようなことをしてしまい、本当にすみません」

「いいんです」みちはとりあえず、そう言った。

「……でも、吉野さんを慰めたかったのも本当です。パートナーから拒絶されることがどんなにもつらくて苦しいことか、それが痛いほどわかるから」

「はい」

「旦那さんと向き合おうとしている吉野さんにずっと勇気づけられていたんです」

新名の言葉に、みちは驚いていた。酔った拍子に夫婦の問題を話してしまって恥ずかしかったのに……。

「自分は臆病者なんです。たった数回、妻から断られたことを引きずって何もできずにいました。でも、もう一度、ちゃんと妻と向き合おうと思います」

「……私」みちも、自分の気持ちを話し始めた。「夫とは何も進展してないと思ってました。ただ一人バタバタして……。でも、それが新名さんの背中を押したんだったら……、嬉しいです」

　みちの話を聞いていた新名はやさしくほほ笑みながらうなずいた。

「飲みましょう」

　新名が言い、ふたりは飲み始めた。一口飲むと、みちはふと思い出したことがあり、笑ってしまった。新名が不思議そうにみちを見ている。

「この前、私、ヘソクリ何に使ったかわかります？」

「え、なんですか」

「一万八千円の下着と八千八百円のボディローションです」

「けっこう高い」

「自分の色気のなさをお金で解決しようとしました」

「すごい」

「全滅しました」

「僕も妻のために夕食作ってるんだけど、実は密かに……スタミナが付くような肉料理を多めに作ったりして」新名も自虐的に笑いながら話し始めた。

「おお！　私も経験あります」

「でも妻はますます仕事に精が出て……」

「あちゃー」

「全滅」

「一人で失敗するのってどん底に落ちるだけだけど、なんか、二人で失敗すると少し元気になれますね」

みちが言うと、新名が「うん」と、うなずいた。少しくだけた口調になっていることが、嬉しい。

「戦友ができたみたいな……」

「レス解消の戦友」

「なんかカッコイイですね！」

「カッコイイかな？」

ふたりは声を合わせて笑った。


帰り道、みちは気持ちがラクになっていた。

やっぱり、新名さんは誠実な人だ。話を聞くまで怖かったくせに……なんか楽しかったな。

家に向かう足取りも、心なしか少し軽い。歩きながら、みちは自嘲するように笑った。

バカだよな。心の奥底で、新名さんが私を抱きしめてくれた理由が他にあるかもしれないなんて思ってた……。


「お客さん、もう来なそうだから帰っていいよ」陽一は結衣花に声をかけた。

「じゃ、飲んでもいいですか?」

「どうぞ」

「店長もどうですか?」結衣花がラム酒を手に陽一を見る。

「いらない」

「飲みづらいんですけど」

「今日は飲みたくない」

「正直な人ですねー」

「よく言われる」

「直さなかったんですね」

「ん? 今までこうやって生きてきたから」

「褒め言葉なんですかねー、それ」結衣花は首をひねりながら笑っている。

「薄情とも言われるわ」陽一も苦笑いだ。

「あーあ、周りを傷つけてきたわけだ」結衣花も陽一に負けず、正直だ。

ラムコーヒーを飲んでいる結衣花と一緒に店に残っていた陽一は、時計を見た。

「バスなくなるよ」

「大丈夫です。歩いて帰ります」

「そう」

数分後、店を閉めた。陽一がバイクを走らせていると、前方に暗い夜道を一人で歩く結衣花の後ろ姿が見えた。そのまま追い抜き、バックミラーに映る結衣花を見た。その姿はどんどん小さくなっていった。


新名も久々に心が軽くなっていた。帰宅して玄関を開けると「おかえり！」と、楓が出てきた。

「た、ただいま」

「そんな顔する？」

「帰ってたの？」楓がいないことに慣れていたので、驚いてしまう。

「はい、やっと、七月号の入稿完了しました！」

「お疲れさま！」

「お、飲んできた？」

「あ、ごめん」

「いいよ、全然」

「……ひとりでちょっと」なんとなく後ろめたくて、新名は嘘をついた。

「なーんだ、誘ってくれればよかったのに」

「楓こそ、打ち上げとか」

「さんざん夜通し打ち合わせしてみんな大変だったから今日はなし」

「そっか。俺だけ飲んじゃってごめん」

「ううん、私こそ、ごめんね、最近」

「いいんだよ、楓が仕事を大切にしてることとわかってるから」それは、新名の本音だ。

「ありがと。今夜は私がお茶淹れますので！」

「え……」

「カモミール？　それとも、誠も飲んじゃう？」

「楓さ、来週、結婚記念日……」新名はずっと気になっていたことを口にした。

「あ……」楓はすっかり忘れていたみたいだ。

「いいんだよ」

「ごっめーん！　まじー？　頭ん中、もう秋冬で……」常に先の号の企画を考えている楓らしくて、新名は笑った。

「まだ春」

「そっか」

「外で食事しない？」

「うん」

「忙しいんならいいんだ」

「絶対空けるから」楓が約束してくれ、新名の気持ちは高揚した。

※

結婚記念日当日、新名は昼休みに会社の近くの花屋で花束を選んでいた。

「あの、すみません、夜に取りに来たいんですけど大丈夫ですか？」

店員に頼むと、大丈夫だと言ってくれた。

「あれ、新名さん？」

振り向くと、みちがいた。昼食を買いに外に出ていたみたいだ。

「お花ですか」

「はい、まぁ」

「なんか、照れてます?」

「えーと、はい」新名は正直にうなずいた。

「あ、奥さまに?」

「今夜、結婚記念日で」

「え、おめでとうございます!」

「はい」

「あ、ごめんなさい、ジャマしちゃいました、どうぞ選んでください」

それじゃあ、また、と、みちは帰っていった。


新名さんの奥さんがうらやましい……。

帰宅後にリビングの掃除をしながら、みちは昼休みに花屋の店先で出くわした新名のことを思い返していた。

花をもらって喜ぶ感情が前は全然わからなかった。服やバッグのほうが断然よかった。

でも今はわかる。花が嬉しいんじゃない、その奥にある気持ちが嬉しいんだ。でも陽ちゃんは……。

ソファの下から陽一の片方だけの靴下が見つかり、みちは拾い上げた。

……私、このままひとり取り残されていくのかも……。

その夜は、珍しく閉店まで客がいた。すっかり帰りが遅くなり、バイクで走っていると、また結衣花の姿を見つけた。この日は通り過ぎず、陽一はバイクを停めた。

「あ」結衣花は陽一を見て驚いている。

「……どんだけ歩くの？」

「一時間くらい？」

「マジで言ってる？」今度は陽一が驚く番だ。

「歩くの好きだし」

「夜遅いから」

「元ガードマンなんで」結衣花はおどけたように言う。

「いや……乗る？」

「え、でも」

「古いやつだけど」陽一はバイクのシートからヘルメットを取り出した。いつもみちがつけるヘルメットだ。結衣花は一瞬驚いた表情を浮かべながらも、にっこりと笑って受け取った。

そして、陽一の後ろに遠慮がちに乗った。

「落ちるぞ」陽一は結衣花の腕を掴み、自分の腰に回す。結衣花がギュッとしがみつくのを確認して、陽一はバイクを発進させた。

「私、はじめて！」

結衣花が後ろで何か叫んでいる。

「は？」

「バイク、乗ったことなかった！」

さらに声を上げげた結衣花の声が、今度はなんとか聞こえた。

「そう」陽一は車線変更した。

「家、真っすぐですけど！」

結衣花は言うが、陽一は少し遠回りしてバイクを走らせた。この道は夜景がきれいだ。

「最高ー！」結衣花は興奮して手を突き上げていた。

結衣花のアパートに着いた。バイクを降りても、結衣花はテンションが高いままだ。ヘルメットを脱ごうとしているけれど、なかなか留め具が外れないようだった。

「これ、古いからな」

陽一は自分が先にヘルメットを脱いで、結衣花の顎の下に手を持っていった。ふたりの顔は、だいぶ近い。ようやく結衣花のヘルメットが脱げた。でも結衣花の髪の毛は逆立っていてボサボサボサだ。笑いだす陽一を見て、結衣花が首をかしげる。

「ボサボサ」

「店長もね」

結衣花は言い、逆立った陽一の髪の毛に触れた。そしてそのままキスをした。面食らいながらも、陽一も応えるようにキスを返した。その激しさに、今度は結衣花のほうが驚いているようだった。お互いがお互いに呼応するように、ふたりのキスは、激しさを増していく。

「うち来る?」唇を離すと、結衣花は言った。

「帰る」陽一が言うと、しばらく沈黙が走った。

「やっぱ正直者だ」

結衣花はあっさりと言い、ひとりで部屋に入っていく。その後ろ姿を見送りながら、陽一は自分の唇を軽く拭った。


「楓さん！　ごめんなさい」

楓が編集部のあるフロアに降り立つやいなや、加奈が平謝りしてきた。

「それよりミスがなくなる努力のほうが大事」

「はい……本当にすみません！」加奈は泣きそうだ。

「編集長、すみません」楓は編集部に入ってきた圭子に言った。

「あれ、旦那とディナーじゃなかったっけ？　そんなことしてると、私みたいにバツつくよ」

「大丈夫です。そんなことで怒るような人じゃないんで」

楓が言ったとき、スマホが鳴った。新名からだ。でもメッセージは読まずに、再びデザイン原稿に赤ペンで書きこみを始めた。一分一秒の勝負だ。

「印刷所に連絡して。何時までなら間に合うか確認」

そして加奈に指示を出した。

「これ。けっこうやっちゃったね。全ページ修正だけど。今晩中にいける？」

圭子がデザイナーに声をかけた。

「いくしかないっすね。頑張ります」

編集部は戦場の様相を呈していた。

楓との約束の時間はだいぶ過ぎていて、何度もメッセージを入れているけれど、未読のままだ。新名が座るレストランのテーブルの上には、昼間買った花束が準備してある。

と、楓から電話がかかってきた。

「楓？　着いた？　今、どこ？」

「誠、ごめん。後輩がミスしちゃって、今、急いで修正かけてるんだ」

「……そう」

「ディナー間に合いそうにないの。せっかく予約してくれたのに、ホテルのほうには遅くなるけど行けると思うから、ホントにごめんなさい」

「……わかった、頑張って」新名はそう言うしかない。

「ありがとう」

電話は切れた。新名は準備した花束を力なく見つめた。

みちが洗面所で歯を磨いていると、陽一が帰宅した。

「おかえり」

すると、花束を手にした陽一が洗面所に入ってきた。

「これ」

「え」

驚いているみちに、陽一はぎこちなく花束を突き出した。

「嘘でしょ」

嬉しいサプライズに、みちは顔を輝かせた。


スイートルームで待っていると、部屋のドアがノックされた。中からドアを開けると、走ってきたらしい楓が立っていた。

「遅くなってごめん」

「大変だったね、お疲れさま」

やさしく声をかけ、楓を迎え入れる。

「……きれい」

楓は窓辺に行き、夜景に目を奪われていた。新名が背後からスプリングコートを脱がせてあげて、ハンガーにコートを掛けた。しかし、楓は心ここにあらずの様子で、窓の外の夜景をボーッと眺めている。ふたりの間にはおかしな空気が流れていた。新名は意を決したように、楓に近づくとキスをしようとした。しかし、楓は手で新名の顔をブロックし、言った。

「ごめん」

「なんで避けるの？」

「疲れてるの」

「今日だけでも……頑張ることはできない？」新名は痛切な思いを口にした。

「頑張る？……わかった。どうぞ。それで誠が満足するなら」

楓は感情のない口調で言い、洋服を脱ぎ始めた。ため息をつきながら、やけになったように脱いでいく。

「……楓」新名は思わず楓に服をかけた。

「私は遊んでるわけじゃない、仕事のことで頭がいっぱいで、そんな気になれないの。誠はわかってくれてると思ってた……」

わかってる。いつだって必死でわかろうとしている。でも……。

みちは花束を花瓶に活け、テーブルに置いた。鼻歌を歌いたいぐらいの気分だ。と、キッチンに置きっぱなしになっていたみちのスマホが震えた。なんだろうとそっちを見ると、陽一が近づいてきて、みちを抱き寄せた。

「え」

驚いているみちに、陽一が唇を重ねてくる。

「陽ちゃん？」

みちはそのままソファに押し倒された。陽一は激しくキスをしてくる。みちは抵抗することなく、キスに応える。ふたりは寝室のベッドに移動した。キスは激しさを増し、そのまま体を重ねた——。

その間も、スマホはキッチンで震え続けていた。

みちに電話をかけているのは、新名だった。楓を残し、ホテルの部屋を飛び出して街をさまよっていたのだ。

みちと話がしたかった。聞いてもらいたかった。新名は歩道橋の上で行き交う車を見ながら、みちに助けを求めていた。

3

ベッドで眠る陽一に、みちが頬をくっつけてきた。みちは高揚感に浸っているようだ。

「ごめん」陽一は浮かない顔でひとこと言って、立ち上がった。

「……ううん」みちは静かに言った。

陽一はトランクスを穿いて寝室を出た。洗面所に入ってドアを閉め、ズボンのゴムを引っ張って視線を落とした。

俺の好きなみちを思い浮かべると、そこに裸のみちはいない……。

ベッドの上で何も反応しなかった自分自身の股間を見て、陽一はため息をついた。


日々の暮らしの中、みちは陽一にとって必要不可欠な存在だった。

陽一は家にいるときのほとんどの時間はソファでゲームをして過ごしていた。みちがそばにいることがあたりまえだったし、そそっかしくてほほ笑ましいみちを見ているのが好きだった。

夕飯を作っていてオムライスを焦がしてしまい慌てている様子も。

掃除機をかけながら、陽一の脱ぎっぱなしの靴下を見つけて「もう！」と口をとがらせる表情も。

休日に買い物に出かけてマンションの前の坂道でつまずいて転んでしまい、泣きそうな顔で膝を押さえている様子も。

買い物の途中で雨が降ってきてしまい、声を上げてはしゃぐように走る姿。

結婚は地獄だと誰かが言ってた。でも、俺はみちと過ごす時間が好きだ。

このままの日々が続けばいい。それじゃあだめなのか。

裸にならなくても、セックスしなくても、つながってる気がする……俺の思い上がりか……。

陽一は洗面台の前で、言葉なく立ち尽くしていた。


楓はスイートルームの広いベッドで仰向けになり、目を閉じていた。楓に拒絶され、ショックを受けた新名は部屋を出ていってしまった。

今しなくてもいいでしょ……。

どうしてわかってくれないのだろう。仕事の修羅場をどうにか潜り抜けて、ここまで来た。それだけで精いっぱいだった。仕事中は、結婚記念日の予定を入れてしまったことを恨めしく思っていたぐらいだった。

すぐにでも体を休めたい。でも眠れない。楓は目を開けて天井を見つめた。そして眉間にしわを寄せて立ち上がった。

今が大事なときなのに……。


憧れのファッション誌編集部に配属になって以来、楓は日々、仕事に追われていた。フォトスタジオでの撮影の日はモデルに気を配り、スタイリストやヘアメイクにあれこれ指示を出す。編集部に戻れば原稿チェックやレイアウトの打ち合わせだ。加奈はまだまだ一人前とは言えない。

帰りは終電の日がほとんどで、逃してしまえばタクシーで帰宅した。その間も仕事の電話をしていることが多かった。

帰宅後も、せわしなく仕事の続きに取りかかる。新名はいつも起きて楓の帰りを待っていて、あれこれ世話を焼こうとする。ありがたいことも多いし感謝もしている。でも、自分のペースで仕事をしたい。

新名は、ＬＩＮＥの返信が遅くても怒りもしない。夜中にリビングのテーブルで寝落ちしてしまったとき、新名がそっと毛布をかけてくれたこともある。

でも……。

セックスが疲れるものになったのは、いつからだろう………。


楓はベッドから起き上がり、仕事の資料がパンパンに詰まったカバンを手にホテルの部屋を出ようとした。と、スマホが震えた。新名かと思って着信画面を確認すると、加奈からだった。さっと出て報告を聞き「はい、うん、わかった、はい」と切り、そのまま部屋でパソコンを開いた。加奈から送られて来たデータのチェックだ。

今の私にとってセックスは……ただの、疲れを伴う性行為……。

楓は雑誌のレイアウトや校正作業に取りかかった。

何より……今、して、もし子どもができたら、私が積み上げてきたものが、すべてなくなってしまう。セックスが私の夢を壊すかもしれない。


陽一は寝室の扉をそっと開き、中をうかがった。みちは静かに眠っている。みちを起こさないようにドアを閉め、再びリビングに戻った。

いつまでも恋人同士ってわけにはいかないはずだ。

なんとなくソファに腰を下ろしたけれど、また立ち上がり、タバコとライターを手にベランダへ向かった。

たとえ俺のことを……愛してくれている妻だとしても。


楓はひたすら入稿作業を続けていた。

夫婦とはいっても人は人、しょせん他人だ。

作業しながらふと顔を上げると、新名が用意してくれた花束が目に入った。でも楓はまたすぐにパソコン画面に視線を戻した。

たとえ私のことを……愛してくれる夫だとしても。


陽一はベランダから住宅街を眺めた。いくつかの家の窓から光が漏れている。無数の夫婦が暮らしているこの街で、満たされている夫婦はどれぐらいいるのだろうか。

セックスってそんなに大事？


楓も、ホテルの窓の外の夜景を眺めながら、陽一と同じことを思っていた。

※

翌朝、みちは笑みを浮かべながら、陽一がくれた花束を眺めていた。昨夜、結局、最後までできなかった。でも、陽一の気持ちの変化は素直に嬉しかった。

陽一が気まずそうだったこともわかっている。男性はきっとショックだろう。あのあと、すぐに寝室に戻ってこないで、リビングで窓を開け、ベランダに出ていた気配も感じていた。

でも、みちと「しよう」と思ってくれただけで前進だ。みちは幸せな気持ちで、キッチンで花瓶の水を換えていた。

「……水換えすぎると、腐るぞ」仕事の支度を終えた陽一が、声をかけてきた。

「え？　そうなの？」

「……行ってきます」陽一はそそくさと出かけようとする。

「あ、今夜なに食べたい？」

「……なんでもいい」

「陽ちゃんが好きなの作る」

「あー……遅くなるから先食べて」陽一は出かけていった。

「うん……行ってらっしゃい！」

みちは、花瓶に花を活けていた。と、バラの茎の小さな棘《とげ》が指に刺さった。

「痛っ」

反射的に指の先を舐《な》めたけれど、棘は刺さったまま、指先に残ってしまった。みちは寝室に行き、小さなラックからピンセットを取り出して、指先の棘を抜こうとした。でも、なかなか抜けない。ゆっくりやろうとベッドに腰を下ろすと、そこにはまだ温《ぬく》もりが残っていた。

ふと、みちの脳裏にかすかな疑問が去来した。

……でも、どうして急に？

昨夜の陽一はいつもと少し違った。言葉ではうまく言えないけれど、表情や視線に違和感を抱いた。

それに、あのとき……最後までできなかったし……いやいや、何考えてんだ、せっかく前進したんだから！

頭に浮かんだ不安を振り払うように、みちはピンセットにグッと力を入れた。

「痛っ！」

ようやく棘が抜け、みちは小さく息を吐いた。

通勤途中の電車の中で、みちはスマホを取り出して、新名とのやりとりの画面を開いてみた。

《昨日はお電話取れずにすみませんでした。何か急用でしたか?》

みちが電車に乗る前に送ったメッセージには既読がついている。だけどまだ返信はない。

会社に着いてエスカレーターを上がっていると、新名の姿を見つけた。

「新名さん、おはようございます」駆け寄っていって、声をかけた。

「あ……おはようございます」

「昨日、何かありました?」周りに聞こえないように、小声で尋ねてみる。

「え?」

「電話」

「いや、大したことじゃないから」

「え、気になります」

「……ラーメンでもどうかな？　と思って」

「え、でも昨日って……」

　昨夜、新名は結婚記念日のディナーに妻と行っていたはずだ。あの時間に、そんな用件のはずはない。でも新名は困ったような表情を浮かべている。

「おはようございます」そこに、新名の部下、田中が合流した。話が途中で遮られてしまい、みちの心の中で、新名のことが朝のバラの棘のように引っかかっていた。

「なんかけっこう入ってるじゃん」店に顔を出していた高坂は、満足げに店内を見回した。「評判いいらしいね」

「コーヒーがおいしいからですね」結衣花が言う。

「君がだよ」

「どうも」結衣花はそっけなく言う。

「……なんか変わったよな？」高坂はコーヒーを啜りながら、カウンター内の陽一を見た。

「味ですか？」陽一は手元にあるコーヒー豆を嗅いでみた。

「おまえがだよ！」

高坂に言われてふと顔を上げると、結衣花と視線が合った。

昼休み、みちは華を誘ってカフェに行き、昨夜、陽一が花束を買ってきてくれた件を話した。

「突然プレゼントくれるときか……」華は宙を見つめ、考えている。

「うん、うちの人、思いがけないときに思いがけないプレゼントするタイプじゃないから、なんでだろうと思って」

「……見返りが欲しい。後ろめたいとき」華がふっと呟いた。

「え？　じゃ、後ろめたいような何かがあったってことかな？」みちが焦っていると、華は「そんな知りませんよ」と、笑った。

「適当に言っただけです。っていうか、私の言うことなんか、真に受けないでくださいよ。男の本音みたいなのは、男にしかわからないですから」

「じゃ、聞いてみよう」

「え、男友達とかいるんですか？」華は目を丸くしている。

「そりゃいるよ、ひとりやふたり」

「でも、男女の友情なんて成立しないですよ」

「華ちゃんはまだ若いね。男として好きなんじゃなく、人として好きっていうのないかな」

「いや、それ、恋になるでしょ」

華はそう言って、みちのサラダのアーモンドを箸でつまんだ。「恋の種ですよ、種から芽生えたらコンクリートでさえ突き破りますからね。先輩は大丈夫かな～？」

「何が」みちは警戒するように眉間にしわを寄せだ。

「よけいな芽を間引く強さがあるかな、ってことです。本当に大切にしたい芽を立派に育てるために」

「いつも後味悪いこと言うね……その強さくらい、あるよ」

たぶん。自信はないけれど。


新名が自席で手作りの弁当を食べながら仕事をしていると、華が資料を持ってきた。

「お食事中すみません、これ、合同会議の資料です」

「どうも」

受け取ってまた仕事に戻ろうとしたが、華は立ち去らずにそこにいる。不思議に思って振り返ると、華はにこりと笑って新名の口元に手を伸ばした。そしてご飯粒を取り、ぱくりと食べてしまった。

「……えっ」唖然《あぜん》とする新名に、

「種蒔《たねま》きです。いや、悪い芽を引っこ抜くためかな」と、華は意味ありげに笑った。

「は？」

「男の人が奥さんに突然プレゼントするときってどういうときですか？」

「急にどうしたの？」

「男の本音が知りたくて」

「……やっぱり大切だからじゃない？　日頃の感謝とか」

「そうなんですね」

「何かあったんですか？」

「吉野先輩が相談してきたんで」みちの名前が出て、どきりとしてしまう。

「……そうなんだ」だが態度に出さずに、反応した。

「要するに私はのろけを聞かされたってことですね」

華が新名の反応をうかがっている気がするので、とりあえず「かもね」と、笑っておいた。

夕方、帰宅の途についたみちが川沿いの遊歩道を歩いていると、少し前を新名が歩いているのが見えた。みちは小走りで追いかけた。

「お疲れ様です」

「お疲れ様です。お帰りですか？」

「はい、奇遇ですね」

「あ、僕はこれから一件打ち合わせで」

「すみません、お疲れ様です……」ふたりはしばらく無言で歩いた。

「あ、よかったですね、プレゼント」新名が唐突に言う。「北原さんから聞いたよ」

「え、華ちゃんから？」

「うん、旦那さんからプレゼントもらったって、のろけてたって」

「は？　のろけてた？　まさか……ただ急に花束をもらって」

「花束？」

「なんか不思議じゃないですか、記念日でもないのに」

「……それは愛情表現だって。大切な人を喜ばせたいっていう」

「うん……新名さんの言葉なら、素直に受け止めます」

みちの言葉を、新名は黙って聞いている。

「あと、レスの戦友同士として……報告しておこうかな……」

とはいえ多少迷っていると、新名は「あ」と感づいたようだ。

「はい……」自分で言い出したくせに、恥ずかしくなる。

「……そうなんだ！」新名は笑顔でみちを見つめた。

「まぁ、少しは前進できたかなと」

「大きな前進でしょ！　おめでとう」

「まあ」みちはハハハ、と、照れ笑いを浮かべた。

「変か、おめでとうは」

「いえ、ありがとうございます」

「よかったね……」

「花束もらったとき、なんか嬉しくて……信じられなくて……少しは気持ちが伝わったのかなって」

みちが話すのを、新名は笑いながら聞いている。でもなんだかぎこちない。みちは違和感を確信して、新名を見つめた。

「……よかったね……吉野さんの頑張りが報われたんだよ」

「……あ、なんかすみません。私の話ばっかりで。新名さんの奥さまも……花束、喜ばれたでしょ?」みちは新名に尋ねた。

「……ええ、とても」ほほ笑む新名を見て、とりあえずホッとする。

「あーよかった、よかったですね」

新名は「はい」とうなずき「じゃあ、僕はこっちなので」と、別の道のほうを指した。

「はい、打ち合わせ頑張ってください」ふたりはそこで別れた。


夕方、客がいない時間を見計らって陽一は週刊誌の『妻だけED』という記事を開き、読もうとしていた。

「あの」結衣花に声をかけられ、慌てて週刊誌を閉じた。

「ん、どうした?」

「お先に失礼します、早番なんで」

「……お疲れさま」陽一は結衣花がエプロンを外して帰り支度をしている姿をなんとなく見ていた。

「店長はまっすぐな道を進んでください。脇目も振らず。そういうほうがやっぱり向いてます」

突然言われてぽかんとしているうちに、結衣花は「お疲れさまでした」と、帰っていった。

夜、楓は編集長の圭子のデスクの前にいた。圭子は雑誌の売り上げデータの資料を見て、顔をしかめている。

「私がコーディネート担当してから実売率を上げられてないですね……」

「しょうがない、そもそも売るのが難しいんだから。でも、このままだと、隔月発刊に減らされるかも」

「……すべて私の責任です、本当にすみません」楓は頭を下げた。

「違うよ、これは編集長の私の責任です」

「でも——」身を乗り出した楓を、圭子が遮った。

「楓はさ、自分だけが必死に仕事やってると思ってるでしょ。それじゃ、誰もついてこないよ」

帰宅した新名は、時計を気にしていた。楓はまだ帰宅していないし、連絡もない。先に寝ようかと寝室に向かったけれどまたすぐにキッチンに戻り、楓の夕食の準備をすることにした。

みちはベッドのシーツを交換していた。昨夜のことを思い出していた。あれこれ考えそうになり、気持ちを切り替えてキッチンへ向かい、慌ただしく夕食の支度を始めた。

帰り道、陽一はバイクにまたがったまま、風俗店が並ぶ路地を見つめていた。建ち並ぶ風俗店の並びに『泌尿器科・ED治療』の看板が、目に入る。

「まさか……」

呟いたところに「いい子いますよ」と、客引きの声がかかった。陽一はハッとし、バイクを発進させた。

楓は帰宅し、リビングの照明をつけた。テーブルの上にはメモが置いてあり『トマトペンネ、冷蔵庫に入ってるよ。先に寝てるね』と書かれている。楓は誠の文字をじっと見つめた。

誠のやさしさが私を責めてるみたい……。

洗面所に行って手を洗うと、ていねいに畳まれた洗濯物が置いてある。そこには、楓の下着もある。

やさしくされればされるほど、思い知らされる……私が誠にしてること。

夕食の支度中に、陽一が帰ってきた。

「悪い、遅くなって」

「すぐできるから」

皿に盛りつけておいた陽一の分のチキンライスにフライパンの卵を流し込むと、うまくいった。「パーフェクト」と、陽一の前にオムライスの皿を置く。

「うまそ」陽一はすぐに食べ始めた。みちは自分の分のチキンライスに、失敗してしまった卵をのせた。焦げた部分を隠そうとしたけれど隠しきれず、ケチャップをかけてごまかした。

「お待たせ」オムライスを手に席に着くと、すでに陽一は半分近く食べ終えていた。陽一はみちのぐちゃぐちゃなオムライスを見ている。

「んな、気にすんなよ」

「いや……いただきます」

みちが食べ始めると、陽一は残っていた分をさっさと食べ終えた。

「ごちそうさま」陽一はそのまま立ち上がり、リビングを出ていった。置きっぱなしの皿と一緒に取り残されたみちは、ひとり虚しくオムライスを食べ始めた。

夜中に目が覚めて隣を見ると、楓はいなかった。リビングに行くと、またダイニングテーブルで仕事をしたまま眠ってしまっていた。新名は楓に毛布を掛けてやり、出しっぱなしのペットボトルをしまおうと冷蔵庫を開けた。冷蔵庫の中には、ラップがかかったままの手をつけていない料理が並んでいた。

明け方、目を覚ました楓は着替えを取ろうと寝室のクローゼットに行った。

「あれ……誠？」

ベッドを見ると、新名の姿はなかった。

※

みちは書類を持って営業一部にやってきた。新名を探したけれど、見あたらない。「あの、新名さんは？」近くにいた田中に尋ねてみた。

「あー、急にお休みされて。体調不良ですって。今日は大事な会議もあるのにー」

だからみんなで慌てているのだと田中はこぼしていたが、みちは新名が気になっていた。

新名は海辺の埠頭のパーキングに停めた車の中で、コーヒーを飲みながら、静かな海を見つめていた。

《今どこ？　どうしたの？　連絡して》

スマホには楓からのメッセージが数件、届いている。返信しようと思ってはいるのだけれど、どんな言葉を返したらいいのかわからない。しばらく考え、指を動かそうとしたとき、みちからメッセージが届いた。

《体調悪いところ失礼します、お体の具合、どうですか？》

《あ、悪いに決まってますよね》

連続したメッセージを読んだ新名はふっと笑い、返信文を打った。

《ズル休み》

するとすぐにみちから驚き顔のスタンプが届いた。新名も「すみません」と謝っているスタンプを返す。

《ズル休みいいですね！》

《適当に車走らせてたら、道に迷ったけどね》

《おばあちゃんが言ってました。道に迷ったら　川の音がするほうに進めって》

みちの返信に笑いながら《川だったか。海に来てしまった　笑》と、返す。

《海もいいですね。でも、川だって、おばあちゃんが》

みちからさらなる返信がくる。心が少しだけ軽くなった新名は真面目な表情になり、楓にメッセージを打った。

仕事中の楓のもとに、新名からメッセージが届いた。

《心配させてごめん》

《仕事は？》楓もすぐに返信する。

《大丈夫》

いったいなんと返そうかと考えていると、加奈が飛び込んできた。

「楓さん！　すみません！　十六日の撮影、リナさんの事務所に私が間違えて日にちを伝えてしまってて……」

加奈の言葉を聞いた楓はモデル事務所に電話をかけようとした。でも「直接会いに行ってくる」と、席を立った。

「私も行きます」加奈がついていこうとする。

「あなたが来て何か解決する?」楓は冷たく言い放った。「自分の仕事進めて」と、ヒールを鳴らしながら歩き出す。

またダメなところ出てる……。

すぐに思い直し、楓は踵を返した。

「ごめん、加奈はレイアウトのほうをお願い。日程の調整は私に任せて。手分けして頑張ろう」

「はい……!」加奈は泣きそうな顔で、頭を下げた。

……余裕がないと冷たい言葉で傷つけてしまう。

加奈にだけじゃない。誠にも……。

楓はため息をついた。


新名は川沿いの遊歩道を歩いていた。と、木々の隙間から、みちの姿が見えてきた。

目が合うと、みちはほほ笑んだ。

「……吉野さん」驚きながらも、新名は笑顔になった。

「おばあちゃんの言う通りにしましたね?」みちが問いかけてくる。「ひとりになりたいときもありますよね」

みちの言葉に、新名は照れくさくなる。

「ジャマなら去ります」

その言葉に、新名は首を横に振った。

「じゃあ、ズル休み、つきあいます」

「だ、大丈夫?」

「午後休取りました」

肩をすくめながら言うみちに、新名は心を打たれた。


ふたりは会社の人間が通らない場所に移動し、ベンチに並んで腰を下ろした。

「何かありました……よね?」みちは新名に尋ねた。

「……本当はうまくいかなくて……結婚記念日」新名は事実を告白し始めた。「あの日、妻に仕事が入ってしまって、ディナーに間に合わなくなって。ひとりで店にいるのも、花束用意してるのも、恥ずかしいやら虚しいやら。結局、渡せなかった」

「そうだったんですね」

「その後、妻に気持ちを伝えた。でも逆に妻を責めたみたいになってしまって……。どうしてうまくいかないんだろうね」

「……こんなに頑張っても……」みちも胸が痛くなる。

「……いつまでも変わらないから、あの日、意地になって、こだわってしまって、そのせいで……。すがっていたんだ。体を重ねれば、そこに愛があるって。でも、ないことに気づいてしまった」

新名はつらそうだった。みちが横顔を見つめると、新名の髪が風に揺れている。

「同じです」みちは呟いた。

「吉野さんはちゃんと前進してるよ……」

新名の言葉に、みちはうつむいた。新名がうかがうように、みちを見る。

「……ううん、私も同じなんです……セックスさえすれば、満たされると思ってました。でも、あのとき、夫の気持ちがそこにはない気がしました……」

ベッドの上で重なり合いながらも、陽一はみちの顔を見なかった。セックスのときだけじゃない。昨夜、夕飯を一緒に食べようと待っていたのに、陽一は自分の分だけ食べてしまい、みちと話をすることもなく、すぐに席を立った。

「とっくにわかってたんです。気づかないふりしてただけで」

「うん……」

数秒の沈黙の後、新名がふと顔を上げ、みちを見て笑った。悲しい笑顔だ。

「バカみたいだよね」

「みんなバカなんだから、いいんですよ」

「そっか」

「無理して笑わないでいいですから」みちは言った。「私の前で頑張んなくていいんで。大丈夫です」

そう言うと、新名は真顔に戻った。またしばらく沈黙が続いて不安になり、みちは大丈夫か確認するように、新名の顔をのぞいた。

「……俺」新名が口を開く。

「……はい」

「吉野さんに勇気をもらってるって、前にそう言ったけど、本当は違う。俺は……」

新名はみちを見つめた。みちがその視線を受け止めていると、新名は意を決したように、何かを言おうとした。

「俺は……」

新名の言葉が続く前に、みちはそれをかわすかのように、新名から視線を逸らした。

「……あの、行きたいところがあるんだけど」話題を変えようとして、新名が言う。

「……はい。どこ、ですか?」

「海の中」新名が自然に笑う。

「え?」みちもつられて笑った。


「すごー、うわぁ、なんですかね、あれ、うわっ、亀」大きな水槽をのぞきこむみちを見て、新名が笑っている。「あ、すみません……子どもっぽくて」

新名の行きたい場所は、水族館だった。

「そういう素直に喜んでくれるところ、素敵だよね。俺も嬉しくなる」

新名はやさしい目でみちを見ている。みちは慌てて水槽に視線を戻した。

「……魚って泣くのかな?」新名が呟いた。

「え」

「みんな幸せそうに泳いでるけど、もしかしたら、一匹くらい泣いてるかもね」

「……水の中じゃ、わからないですね、泣いてても」

「いいよね……」新名は寂しげに言った。

……本当は、新名さん、ずっと泣いてるのかな。見えないだけで……。

みちは新名の横顔を見ながら、思った。気がつくとお互いの手と手が近づき、指がかすかに触れ合った。ふたりはそのまま、お互いの体温を感じていた。

「じゃあ、この辺で」

みちは、マンションの近くで車を停めてもらった。もうすっかり陽が落ちていた。

「はい、気をつけて」

「どうも……」お互いに、なんとなく気まずい。

「……嬉しかった」新名はハンドルを握ったまま、言った。「遊歩道で、吉野さんが見えたとき」

「いえ……」みちは言葉を探した。だけどなんて言ったらいいのかわからない。結局「じゃあ」と、ドアノブに手をかけた。

「待って」

声をかけられ、みちは運転席の新名と見つめ合った。

新名の顔が近づいてきた。みちは目を閉じた。新名の唇が、みちの唇に、ふわりと重なった。

懐かしい……やさしいキス……昔、陽ちゃんとしてた、求め合ってするキス……本当は間違ってる……こんなこと……でも、キスだけでこんなにも満たされるなんて。

夜、陽一は店の片づけをしていた。ここのところ、心ここにあらずの状態だった。ぼんやりしていた陽一の手からグラスが滑り落ち、破片が床に散らばった。

「あっ」

そばにいた結衣花が、声を上げた。足首を見ると、血が出ている。

「ごめん」

「大丈夫です」

「大丈夫じゃないよ」

「大丈夫なんで、これくらい」結衣花は傷口を押さえたけれど、その手が赤い血で染まる。

「こっち座って」

陽一は救急箱を取ってきた。「たぶんちょっと深いよ」と、傷口に消毒液を垂らして拭い、結衣花の白く柔らかなふくらはぎに触れながら、絆創膏《ばんそうこう》を貼った。

「……ありがとうございます」

結衣花がそう言っても、陽一は手を離さなかった。ふたりは見つめ合い、どちらからともなく唇を重ねた。そのまま二人は、店の床で激しく絡み合い始める。周りにはふたりが脱いだ服が散らばっていた──。

陽一はポケットからタバコを取り出しながら、店の外に出てきた。ライターで火をつけようとするが、手が震えてしまい、ライターを落としてしまった。火がつかなかったタバコは、灰皿に放った。そこに結衣花が出てきて、ライターを拾い上げ、手で温めた。

「……やっぱ、一回目のキスが分岐点だと思う」結衣花は言う。「一回こっきりで終わるか。その後に続く道を選ぶか……」

陽一は、黙っていた。結衣花は温めていたライターを陽一に渡し、店へ戻っていった。店内に戻った結衣花は黙々と、床に散らばったガラスを片づけている。

陽一がライターを擦ると、シュッと火がついた。陽一はその火を見つめながら、今、自分がしてしまったことの恐ろしさを感じていた……。

帰宅した新名は、ソファでスマホの写真フォルダを見ていた。水族館で撮った写真に、みちは写っていない。でも、水槽を見ていたときのみちの表情は新名の胸にしっかりと刻まれている。と、玄関の鍵を開ける音が聞こえてきた。新名はスマホを閉じた。

「ただいま」

「おかえり」

「うん……」楓は何か言いたそうにしている。

「今朝、ごめん」新名はそれだけ言った。

「ううん」

「先寝るよ」新名はソファから立ち上がり、寝室へ行こうとした。

「ねぇ、誠、明日の夜、一緒にご飯食べにいかない？」

楓が言うが、新名は返事ができずにいた。

「この前の埋め合わせさせて欲しいんだ」

「いいよ、無理しなくて」

「無理してないよ、明日空いたから」

「たまには友達と出かけたら？　息抜きに」

「でも」

「俺は、もう大丈夫だから」

それは新名の本音だった。楓に無理はさせたくないし、もう期待して失望することにも疲れた。そして今はみちとの逢瀬で、胸が満たされていた。

「……そっか……あ、ご飯、食べた？」

「あ、うん」

「今日、何？」

楓に聞かれて、今日は夕飯の支度をしていないことを思い出す。

「……ごめん、昨日の残りしかないや」新名は冷蔵庫に向かおうとした。

「それで十分。大丈夫だよ、自分であったためるから」

「わかった。じゃあ先寝るね、おやすみ」そのままあっさりと寝室に向かった。


陽一は後ろめたさを抱えながら、帰宅した。

リビングに入ってくると、花瓶に飾ってある花が目に飛び込んできた。朝、みちが水を入れていたが、今は水がだいぶ減ってしまっている。陽一は花瓶を流しに置いて、蛇口を捻った。花瓶の水が満杯になり、やがてあふれ出す。

自分に反吐《へど》がでる……。

陽一は排水溝にすいこまれていく水をしばらく見ていた。

みちはトイレに座って、新名とスマホでメッセージのやりとりをしていた。

《おやすみなさい。また明日》

《すみません、ちょっと急に熱が……明日、病欠かもです》

帰宅してからずっとぼーっとしていた。キスしたからだけではなく、測ったら本当に熱が出ていた。

《すみません、外でずっと待っててくれたから》

《調子に乗りすぎました》

メッセージを返したとき、トイレのドアが強めにノックされた。驚いて、スマホを落としそうになる。

「うんこしてんの？」

陽一の声がして、みちは慌ててトイレから出た。

「やっぱり」

「してないって」

「うんこしながらマンガ読むなよ、便秘かよ」

「は⁉」

「スマホ」陽一が、みちが手にしているスマホを指した。

「ち、違うけど、ちょっと友だちに返信してて」

スマホを隠しながら言い訳するみちの脇を通り、陽一はトイレに入っていった。

陽一は便座に座り、ポケットからスマホを出した。結衣花とのトーク画面を出し『今日のことは、な』と打ったところで手が止まった。予測変換には『なぜ』『無かった』『内緒』と表示されている。

「うーん」陽一が頭を抱えていると、トントンとみちがドアを叩いてきた。

「大丈夫？」

「……うん、うんこ……」陽一は焦って言った。

※

翌朝、出勤するために支度をしたけれど、やはり辛い。みちはソファでうなだれた。

「ああ……だるい……罰《ばち》があたったか……」

と、スマホに新名からメッセージが届いた。

《おはよう。体調どう？》

新名からのメッセージが嬉しい。でもしんどくてすぐには返信できない。

「……あぁダメ……」

だるくて声を上げると、スマホを陽一に奪われた。

「俺が代わりに打ってやるよ」

「だぁぁ！」慌ててスマホを奪い返そうとしたけれど、陽一はスッとかわす。

「上司だろ？」

「ありがと、連絡はできるから」みちはどうにかスマホをもぎとった。

「無理するなよ」陽一はみちのおでこに手を当てた。

「え」みちはそのやさしさに戸惑ってしまう。

「やっぱり、熱あるじゃん」陽一はみちを抱き上げた。「ベッド行くぞ」

どうして……やさしくしてくれるの……。

みちは陽一にお姫さま抱っこをされ、ベッドに運ばれた。

部屋着に着がえてベッドに横たわっていると、陽一は甲斐甲斐《かいがい》しく薬やペットボトルを持ってきてくれた。

「もう大丈夫だから」

「これ、薬な。病院予約は？」

「ひとまず寝る。陽ちゃんはもう仕事行って」

「あ、なんか簡単に食えるものだけ買ってくるわ」

「いいよいいよ、Uber頼めるし」

「……そうか？」陽一はなぜかすぐに出ていかず、散らかっていた寝室を片づけ始めた。

もういい、もういいから、一ミリも私にやさしくしないで。

みちは、だるい体を無理に起こした。

「陽ちゃん、ありがと、ほんともう大丈夫だから」

「うん、じゃあ何かあったら連絡して」

「ありがと……」と、返事をすると、みちは心の中で思った。

これじゃあ、私、最低なだけだ……。


新名は田中と共に営業先のビルから出てきた。すぐにスマホをチェックすると、みちからメッセージが届いていた。

《返信遅れてすみません、今日は休みました》

スマホの画面をじっと見つめていると、田中が声をかけてきた。

「新名さん、タクシー捕まえてきます」

「悪い」新名は返信を打ち始めた。

《ごめん、昨日ムリさせてしまったから》
《いえいえ、一日寝れば治ります！》
「新名さん！」タクシーを捕まえた田中が、新名を呼んでいるが、
「ごめん、先戻ってて」新名はコンビニに走った。

「おはようございます……あれ？」

結衣花が店に出勤すると、カウンター内に高坂がいた。

「さっき来て、さっき帰った」

陽一は帰ったという。

「カミさんが風邪ひいたからやっぱり帰りたいってさ。で、俺が呼びだされちまったのよ。あいつが愛妻家なんて知らなかったわ。よし！　結衣花ちゃんオープンするよ」高坂はやけに張り切っているが、結衣花はスッと心が冷えていくのを感じた。店の外に出て、看板を「ｏｐｅｎ」にひっくり返し、タバコを出して一息つこうと腰をかけた。スカートの裾から足首がのぞき、そこには昨夜、陽一が手当てしてくれたときの絆創膏が貼ってあった。

新名はコンビニの棚からレトルトのお粥《かゆ》やスポーツドリンクを手当たり次第、カゴに放り込んだ。アイスが入っている冷凍庫をのぞきこみ、バニラアイスを手に取り、カゴに追加した。

楓はロケ地に向かうため、マンションの駐車場に停めてある車に乗り込んだ。

「いいよ、わかった、駐車場用意しといてもらえる？　うん、よろしく、ありがとう」

加奈とやりとりをして電話を切り、カーナビを開く。と、履歴に「さざなみ水族館」と表示された。日付は昨日だ——。

バイクで家に帰る途中の陽一は踏切が開くのを待っていた。踏切が開き、線路沿いの道を走りだす。陽一を抜かしていくタクシーには、新名が乗っていた。

たいしたことないと思った熱がどんどん上がっていく。みちはベッドで辛さに耐えていた。

4

罰が当たったのかもしれない……。

熱にうなされながら、みちがそんなことを思っていたその頃――。

新名は、コンビニの袋を手にみちのマンションの前に立っていた。スマホを取り出して《いまマンションの前に……》と、メッセージを打ち始めた。

バイクで戻ってきた陽一が小走りでマンションに入っていくと、エレベーターはたった今、上がっていったばかりだった。階数表示を見上げながら、もどかしい思いで待つ。一刻も早く家に帰りたいと思うなんて、新婚のとき以来かもしれない。

家に駆けこんで寝室のドアを開けると、ベッドにはまっ赤な顔をしたみちが横たわっていた。額に手を当ててみた。かなり熱があるようだ。と、みちが目を開けた。

「ごめん。起こした?」

「陽ちゃん……なんで?」

「オーナーに代わってもらった」

「そう」みちは話すのもつらそうだ。

「食欲は？　お粥とか雑炊なら食べれる？」

「……ありがとう」

陽一は、ベッドの下に落ちていたスマホを拾い上げてベッドサイドに置き、寝室を出た。

営業一部に戻ってきた新名は、机にコンビニの袋を置いた。

俺は何をやってるんだろう。こんなことしても彼女の迷惑になるだけなのに……。

熱があると聞き、無我夢中で、みちのマンションの前まで行った。マンションを見上げ、メッセージを送ろうとしていた。でもハッと我に返り、会社に戻ってきた。

「それどうしたんですか？」田中が声をかけてくる。

「……昼飯」

新名の答えに、田中は不思議そうな表情を浮かべていた。無理もない。まだ午前中だ。

それに、少し前に田中を取引先からひとりで帰らせたのだから、明らかに挙動不審だ。

「食べる？」

新名は田中にバニラアイスを差し出した。

「いいんですか？　ありがとうございます」

田中がアイスを受け取ってカップを開けると、ドロドロに溶けていた。田中はさらに不思議そうに新名を見ていたが、新名は気にせず、コンビニで買ったスポーツドリンクを飲んだ。


その夜、新名は自宅のソファでみちにＬＩＮＥを送っていた。

《体調どうですか？　熱は下がった？》

と、玄関で音がした。楓が入ってくる気配に、新名はスマホをしまった。

「おかえり」

「起きてたんだ」

「うん」新名はソファの片側に寄り、スペースを空けた。

「久しぶりに運転したら疲れちゃった」楓が隣に腰を下ろす。

「お疲れさま。食事は？」

「差し入れのカツサンド食べた」

「じゃあカモミール淹れよっか」新名は立ち上がってハーブティーの準備を始めた。

「ごめんね。誠も疲れてるのに」

「たった三分だよ」新名はポットにお湯を注いだ。

「……誠、昨日さざなみ水族館行ったの？」楓の問いかけに、新名の動きはほんの一瞬、止まった。

「……どうして？」

「カーナビの履歴にあったから。仕事？」

「……いや、実は昨日会社休んだんだ」

「え？」

「仕事いろいろ大変でさ。なんか急にサボりたくなっちゃって」

「そうなんだ……あんまり無理しないでね」

「……うん」

少しずつ茶葉の色に染まっていくお湯を見つめながら、新名は居たたまれない気持ちになった。楓も黙っていたが、何か言いたげに、口を開こうとした。しかし、その瞬間、新名は楓の言葉を待たずに言った。

「もう少ししたら飲めるから。先寝るね」

「あ、うん」

「おやすみ」新名は逃げるようにリビングを出た。

たった三分が耐えられなかった……。

寝室のドアの内側で、新名はふうっと息を吐いた。


みちが目を覚ますと、日付が変わっていた。さっきまでかなり辛かったけれど、だいぶ楽になっている。ベッドサイドを見ると、食べ終えたお粥の器と、空になった薬のシートが置いてあった。どちらも陽一がみちのために用意してくれたものだ。

みちはベッドから出てリビングに向かった。陽一はソファで眠っていた。テーブルにはカップラーメンの容器やビールの缶が出しっぱなしになっている。陽一からもらった花は、花瓶の中でぐったり萎《しお》れていた。

水を飲もうとキッチンの蛇口をひねると、お粥を作った後の鍋が置いてあった。焦げがこびりついている。みちは鍋を水につけた。

ベッドに戻ってきて、スマホを手に取る。

《だいぶよくなりました。ご心配おかけしました》と、新名にメッセージを送る。

自分たち夫婦はずっと変わらない。夫以外の人に心を奪われることなんてない。ずっとそう思っていた……。

なのに今は、あの人のことばかり考えてしまう……。

みちは、《早く会いたいです》とさらに文章を作ったが、それは送らずに、そっと削除した。

※

「やっぱ歩いていくよ」みちは言った。

「いいよ。病み上がりなんだから」

「だって駅まですぐだし」

「いいから」バイクのシートを開け、予備のヘルメットを出した。みち専用だったけれど、この前、結衣花が被ったことを思い出す。ヘルメットを取ったとき、ボサボサの頭をしていた結衣花の表情が、蘇ってくる。

「あ、髪」みちの声に、陽一は「え?」と、動揺した。

「それかぶるとボサボサになるからやっぱいい。歩いてく歩いてく」みちは言う。

「そっか」

「行ってきます」

「……行ってらっしゃい」

陽一はみちの後ろ姿を見送り、バイクにまたがりヘルメットをかぶった。ミラーの中で、みちは背を向けて歩いていく。陽一は遠ざかるみちを見つめていた。

もしみちに知られたら、きっと今までとは違う……たぶんみちは……。

ミラーの中から、みちの姿が消えた。陽一はエンジンをかけ、走り出した。


昨日一日休んだ分を取り戻そうと、みちが集中して仕事をしてると「すみません」と、声をかけられた。

「はい」振り返ると、新名がいた。

「これ捺印お願いします」と、書類を差し出してくる。

「あ、はい……ちょっと待ってください」あたふたと書類を処理していると、新名の視線を感じた。

「昨日お休みされてましたけど大丈夫ですか？」

「え、あ……はい」声をかけられて、さらに緊張してしまう。

「そうですか。ならよかった」

「……はい」みちがうなずいたとき、どこかに行っていた華が、席に戻ってきた。

「午後休取った翌日に休みなんて遊びすぎじゃないんですか？」

「……そ、そうかもね」みちはドキリとしながら、捺印した書類を新名に返した。

「……ありがとうございます」受け取った新名が、自分の席に戻っていく。

早く会いたかったくせに、会ったらうまくしゃべれない。中学生か――。

自分に呆れながら、みちは新名の背中を見つめていた。


陽一は開店準備のため、珈琲豆をすくってミルに入れていた。豆が一粒転がり落ち、拾おうと床にしゃがんだ。床を見つめていると、ここで結衣花と……と、みちを裏切ってしまった夜を思い出してしまう。

「おはようございます」そこに結衣花が出勤してきた。

「お、おはよう」陽一はあたふたと立ち上がった。

「どうしたんですか？」

「いや、別に……」

不自然な態度の陽一にかまわずに、結衣花はエプロンをつけている。

「……あのさ」

言いかけたところに、納品業者が「毎度～」と、段ボールを抱えて入ってきた。

「……ご苦労様です。そこにお願いします」

陽一は仕方なく、業者とやりとりをした。

昼休み、みちは給湯室で買ってきたお弁当のゴミを分別して捨てていた。

「お疲れ様です」田中がやってきて、冷凍庫からバニラアイスを出している。

「デザート？」

「昨日、新名さんにもらったんです。ドロドロのアイス」

「え？」

「お昼にお粥とスポーツドリンクとバニラアイス……普通組み合わせないですよね」

田中が言うのを聞き、それってもしかして……と、みちは考えてしまう。

「新名さんって偏食だから毎日お弁当なんですかね？」そう言いながらアイスの蓋を開けた田中は「固っ」と声を上げている。みちが新名の席を見ると、立ち上がってフロアから出ていくところだった。

「新名さん」みちはエレベーターホールにいた新名を呼び止めた。周囲に人がいないのを確認し、自分もエレベーターを待っているふりをして小声でささやいた。

「あ、あの……か、勘違いだったら恥ずかしいんですけど……」

「はい」

「……昨日、看病に来てくれようとしてましたか?」

問いかけてみたけれど、新名は何も言わない。

「あ、やっぱり勘違いですよね。すみませんすみません」すぐに退散しようとすると、

「……勘違いじゃないよ」と、新名は言った。「……反省してる。家に行こうなんて非常識なこと。でも一目顔が見たくて……ごめん」

「いえ……嬉しいです」みちも、正直な気持ちを伝えた。ふたりではにかんでいると、ランチに出ていく女子社員らががやがや出てきた。ふたりの間に漂っていた甘い空気は破られてしまった。

「お疲れさまです」

女子社員たちに声をかけられ、みちはさりげなく新名から距離を取った。でもそのまま立ち去るわけにもいかず、成り行きでみんなと一緒にエレベーターを待つことになった。みちと新名はさりげなく視線を交わし、ふたりで肩をすくめて笑い合った。

「ありがとうございました」

接客も板についてきた結衣花が客を見送ると、店内にはふたりだけになった。陽一は

気まずくてたまらないけれど、結衣花は何も気にしていない様子で働いている。

「……あのさ。この間のことなんだけど……なかったことにしてもらえないかな?」

おずおずと言いだした陽一を、結衣花は冷めた目で見ている。

「いや、その……」

「いいですよ」結衣花はあっさりと言った。

「えっ?」

「えっ、てなんですか?」

「いや……」

「私もそのつもりだったんで」

「……そうだよね。うん。じゃそういうことで」陽一は安堵《あんど》していた。

「でも店は辞めませんよ。次の仕事見つかるまでは」

「それはもちろん。好きなだけいてくれていいから」

「先、休憩入っちゃっていいですか?」

「どうぞ」

陽一が言うと、結衣花はバッグからタバコとライターを取り出した。タバコの箱をとんとんと叩いているけれど、空だ。

「これでよかったら」陽一は自分のタバコを差し出した。

「……いただきます」結衣花は一本もらって、外に出ていった。

陽一はふう、と、大きく息を吐いた。


タバコを手に店から出てきた結衣花は、デッキに腰を下ろした。タバコをくわえて火をつけようとして、ふと三年前のことが頭をよぎる。

あの晩、運転席には岩井雄二《いわいゆうじ》がいた。助手席の結衣花は、運転席の岩井からタバコを一本もらった。

「珍しいな。切らしてんの」岩井が言う。

「違う。これがいいの」結衣花はタバコに火をつけた。「キスの味思い出すから」

そう。恋人からもらうタバコはキスの味がする。結衣花は幸せな気持ちでタバコを吸った。岩井は手を伸ばしてきて、結衣花の手を握った。左手の薬指には、結婚指輪が光っていた。

現実に戻った結衣花は口にくわえていたタバコを一度はずし、見つめた。結局、結衣花は陽一からもらったタバコを吸うのをやめた。

「ただいま」

みちが帰ってくると、陽一がキッチンで料理をしていた。

「おかえり」

「陽ちゃん早かったんだ」

「今日は客が来ないから早めに店じまい」

「……どうしたの?」とキッチンを見てみちが言った。これまで家で料理なんかしたことなかったのに……。

「病み上がりだし消化のいいもんがいいだろ? うどんでいいよな?」

「……ありがとう」

「風呂沸いてるから先入っちゃいな」

「……うん」

脱衣所に行き、シャツを脱いで洗濯機に入れようとすると、陽一の靴下が左右ふたつとも入っていた。

陽ちゃん、どうしたんだろう?

これまでと変わりすぎている。みちは陽一の変化に首をかしげた。

お風呂から出てくると、煮込みうどんができあがっていた。

「食べよ」

「うん。いただきます」

「生姜《しょうが》入ってるから」

「……ありがとう」みちは戸惑いながら熱々のうどんをすすった。

なんでそんなにやさしくしてくれるの？

心の中では疑問が渦巻いている。

「あ、七味」陽一が腰を浮かしたので、みちは「持ってくる」と、立ち上がって七味の容器を手に取った。でも、中は空だった。

「新しいの……」

キッチンの高い棚を開け、背伸びしてストックの七味を取ろうとするが、なかなか取れない。と、陽一が立ち上がり、取ってくれた。後ろから抱き寄せられるようなかたちになり、みちは反射的に離れてしまった。

「……あ、柚子胡椒《ゆずこしょう》もあったよね。そっちにしよっかな」

みちはごまかすように冷蔵庫を開けて柚子胡椒を探した。

どう接していいかわかんないよ……。

※

数日後、みちは昼休みに女子トイレで手を洗いながら、華に尋ねた。

「今日どうしよっか？　三好屋のお弁当にする？」

「私、サラダボウルにします。せっかく二キロ痩せたんで」

「ダイエット？」

「先輩、明日から研修旅行ですよ？」

「あー、温泉で裸見られるもんね」

「違いますよ」

「え？」

「もしかしたらニーニャ様とうまくいくかもしれないんで」

華の言葉に、みちは黙り込んだ。

「あ、説教とかいいですから。私ちゃんと自覚あるんで」

「自覚？」

「日の当たらない恋をするには、それなりの覚悟が必要ですからね」

——日の当たらない恋か……。

「あ、携帯。先行っててください」スマホを忘れてきたらしく、華は自席に戻っていった。

わかってる。これ以上進んだらすべて失うかもしれないって。

みちは小さくため息をついた。

財布を手にエレベーターに乗ると、中に新名がいた。これから営業先に行くようだ。

でも、顔を見たら浮かれてしまう——。

「……お疲れさまです」

「お疲れさま」

混んでいるエレベーターの中、隅のほうにいるふたりの手の甲が、自然に触れ合った。

ダメだとわかってるのに止まらなくなる……。

みちは、水族館のときのようにそのまま離さずにいた。すると新名が、そっと指を動かした。新名の長い指が、ゆっくりとみちの指に絡まる。みちの心臓は跳ね上がった。

そして、新名の思いに応えるように、みちも指を一本絡ませた。

自分がこんなにも愚かだったなんて知らなかった。

エレベーターがもっとゆっくりだったらいいのに。みちは思っていた。


夕方、楓は編集部で加奈に指示を出していた。

「次号の巻頭ページはレイラで行くから。このレイアウト、デザイナーさんに回しといて」

「でもレイラさんに断られたんじゃ」加奈が言う。

「一度や二度は断られたうちに入らないよ。もう一回事務所にお願いしてくる」

カバンに企画書などを詰めて、レイラの事務所に行く準備を始めると、圭子が現れた。

「そんなにレイラにこだわることないんじゃない？　コーディネートのチェックもあるでしょ？」

「戻ってからやるんで大丈夫です」

楓が言うと、圭子はこれ見よがしにため息をついた。

「明日は早く帰りなよ？　たまには旦那孝行しないと」

「明日から向こういないんです。会社の研修旅行で」

「そういう顔しちゃうか」

「え？」

「旦那がいなくて寂しいじゃなくて、心置きなく仕事ができて清々《せいせい》するって顔」

圭子は、楓の心の中を見事に言い当てた。

「そういうのって向こうにも伝わるから気をつけなよ？　知らない間に不満が溜まって、ウチみたいにある日突然爆発……なんてなったら大変だよ？」

「……気をつけます。じゃあ行ってきます」

楓は編集部を出た。

誠に不満が溜まってるのは私だってわかってる。

ビルを出て駅までの道を歩きながら、楓は新名の「仕事いろいろ大変でさ。なんか急にサボりたくなっちゃって」という言葉を思い出した。

あんな嘘をつかせたのも全部私のせい。

そんな思いがよぎったけれど、またすぐに仕事モードに切り替えた。


研修旅行当日、みちは鼻歌を歌いながら、旅支度をしていた。下着が入っている引き出しを開けると、奥に勝負下着が入っているのが目に入った。複雑な思いで見つめていると、陽一が入ってきた。

「なんか楽しそうだね」

「な、何が？」さりげなく、引き出しを閉める。

「研修旅行、面倒くさいって毎年言ってなかった？」

「め、面倒くさいよ……でも仕事だし。テンション上げていかないと」

「ふぅーん。あ、新しい歯磨き粉どこだっけ？」

「洗面所の下にない？」

「あー、下か」

陽一が去っていくのを見送ってから、みちは普段穿いている地味な下着をバッグに詰めた。


一方、新名はキッチンで自分が食べた分の皿を洗っていた。

「誠のポーチドエッグ、久しぶり」

「徹夜仕事から帰ってこんなんでいいの？　もっとお腹にたまるもの作ろうか？」

楓はつい先ほど帰ってきたばかりだ。

「ううん。これで十分」楓は言い、新名をチラリと見た。「……誠、もう出る？」

「もう少ししたら」廊下には、研修旅行に持っていくバッグが準備してある。

「じゃあちょっと話さない？」

「え？」

「本当は怒ってるんでしょ？　あの日セックスしなかったこと」

楓は、いきなり答えにくい質問をしてきた。

「だから会社サボって水族館行ったんだよね？」

それは事実だ。だけど……。新名はよけいなことは言わず、黙っていた。

「……あのときは仕事でイライラしてて……ごめん」楓は謝ってきた。

「いや……」

「でも誠はわかってくれると思ってたから」

楓の言葉に、新名はかすかな違和感を抱いた。黙っていると楓が「誠？」と、言葉を促す。

「……俺は」

新名が口を開くと、テーブルの上に置いてあった楓の携帯が鳴った。画面に『オフィスアンサス』と出ている。

「ちょっとごめん」楓は電話に出た。「もしもし？　はい。……本当ですか!?　ありがとうございます！　レイラさんに出ていただけるならそこは調整します」楓の表情が一気に輝きだした。新名に「ごめん」と手でジェスチャーをしながら手帳を開き、生き生きした表情で話し続けている。

「……行ってきます」新名は静かに家を出た。


バスに乗り込んだみちは、窓際の席に新名を見つけた。横を通り過ぎるとき、一瞬、目が合った。隣の席は空いている。一瞬、そこに座りたい気持ちが芽生えるけれど……。

「先輩。こっちこっち」後方の席から華が声をかけてきた。

「あ、はーい」みちはすぐに視線を逸らし、華のほうに向かった。


旅館に到着すると、みちにはひとり部屋が割り振られていた。吉野みちは名簿順で一番最後。今年は女性社員の人数が奇数だからだ。

「いいなー。ひとり部屋」華がみちの部屋に来て言う。

「でも華ちゃんの部屋のほうが広いでしょ？」

「そんなに変わんないですよ。こっちのほうが見晴らしもいいし。いいなー」

「遊びに来たんじゃないんだから」

そう。これは会社の研修旅行——。

ふたりきりで話すことなんてできないし、近づくことすらできない。

なのに、なにを期待してんだ私は……。


「みずがめ座流星群だよ。明日だってさ。東京は夜八時～九時か」

高坂が、さっきまで読んでいたスポーツ新聞の記事を指して言う。

「見るんですか？」陽一は星には関心がない。

「七十六年に一度だぞ？　見るしかないだろ」

「意外。そういうの好きなんですね」

「好きだよ。大好きだよ。女は」高坂は言う。

「え？」

「星見て喜ばない女はいないだろ」高坂はスマホを出し、「車で連れてってやるか」などと言いながら誰かに連絡をしている。

「奥さんにバレますよ？」テーブル席を拭いていた結衣花が顔を上げて言った。

「大丈夫大丈夫。カミさん今実家帰ってるから。こういうときに羽根伸ばさないと。そういえばおまえんとこも今いないんだよな？」高坂は陽一を見た。

「明日まで研修旅行です」

「じゃあ羽根伸ばし放題だな」

「何言ってんですか」

この話題は、結衣花の前であまり広げたくない。陽一は笑ってごまかした。

「高いとこならどこでも見えるよな。ホテルのスイート取っちゃうか」

「見えないと思いますよ」

陽一と高坂のやりとりを、結衣花は黙って聞いていた。


やがて閉店時間になった。片づけをしていた結衣花は、カウンターに高坂が読んでいたスポーツ新聞が忘れられているのに気づいた。さっき話していたみずがめ座流星群の記事の下に女性週刊誌の広告。『都合のいい女~悲しき不倫体質から抜け出すには』という見出しがある。無言で見つめていると、閉店の看板を出していた陽一が戻ってきた。

「明日って休みだったよね?」

「あ、はい」

「なんか予定ある?」

「え?」一瞬、胸が高鳴る。

「……もしよかったらなんだけど……」

陽一の次の言葉を、結衣花は期待していた。

宴会後に大浴場に行ったみちが出てくると、新名がベンチに座っていた。

「新名さん？」思いがけず会えたことで、胸が高鳴ってしまう。

「吉野さんも温泉入ってましたか」

「はい。この時間はもう空いてるかなと思って」

「僕は時間つぶし」

「え？」

「中村《なかむら》と同じ部屋なんだけど、彼女と電話してて」

「あ～気を利かせて」

「でもおかげで吉野さんに会えた」新名が笑う。「中村に感謝しないと」

「……ですね」

照れながらも素直にうなずき、ほほ笑み合った。そのままここで話していたかったけれど、会社の人間も通る。ふたりは歩き出した。

「フロントで聞いたんだけど、晴れた日は星がきれいに見えるらしいですよ」

「はい。部屋からよく見えました」温泉に入る前、部屋の窓から満天の星空が見えた。

「部屋から？」

「私ひとり部屋なんで満喫しちゃいました」

「いいですね。うちの部屋はちょうど建物が邪魔で」

「じゃあ見にきます？」旅先で気持ちが高ぶっていたせいなのか、つい言ってしまった。

「え？」

バカ……私。何言ってんの……。

「あ、あの、今のは……」

「いいんですか？」

新名の言葉に、心臓がドキリと音を立てる。

「……少しだけ見にいこうかな」

「……はい」

ふたりはみちの部屋の窓辺に座り、空を見上げた。

「見えませんね」新名が言うように、空は雲に覆われてしまっている。

「さっきは見えたのに」

みちは必死で言い訳をした。「本当に見えたんです。あの……何でしたっけ……あ、オリオン座。

「それはないと思うな。オリオン座です！」

「オリオン座は冬の星座だから」新名はみちの言葉を聞いてクスッと笑う。

「あ……」

まったく、自分はなんてバカなんだろうと肩をすくめた。

「でもきれいだったんです。オリオン座ではないけど」

「僕も見たかったたな。吉野さんの見た星」新名がやさしく言う。

「……なんか恥ずかしいです」

「吉野さん、オリオン座に隠された悲恋の物語、知ってますか？」

「え？」

「オリオン座のモデルは、ギリシャ神話に出てくるオリオンっていう巨人なんだけど、彼はアルテミスという月の女神と愛し合っていた。でも、アルテミスの兄である太陽の神アポロンは、ふたりの恋を許さなかった」

「引き裂かれちゃったんですか？」

「それ以上です。アルテミスはアポロンに騙《だま》されて、自分の弓でオリオンを殺してしまった」

「えー、ひどっ」

「悲しみにくれたアルテミスは、オリオンを空に上げて星座にした。それがオリオン座と言われてるんです」

「いくら兄でもやりすぎですよ。その太陽の神」思わずムキになってしまう。

「……太陽に許されないふたりには明るい未来はないってことなのかな」

……日の当たらない恋。みちの頭の中を、その言葉がよぎる。

「でも、ふたりは空の上では幸せかもしれない」新名がぽつりと言った。

「え?」

「オリオン座の近くに月の通り道があって、月の女神であるアルテミスはオリオンのすぐ近くで輝いていられるんです。こんな風に」

新名は、テーブルの上にあった金平糖《こんぺいとう》と紙を取って、紙の上に金平糖を八つ置いた。オリオン座だ。そして、斜め上に小さめの金平糖を置く。

「えー、もう少しそばにしましょうよ。この辺とか」

みちはその金平糖を手に取ると、オリオン座の近くに置いた。

「いいですね」

「あ、もっと大きくしたらもっと近寄れますよ。ほら」

みちは大きな金平糖に交換しようとした。そして、ハッと顔を上げた。みちの顔を、新名がやさしい表情で見つめている。ふたりはしばらく、見つめ合った。

「……こ、これじゃあ大きすぎですね。やっぱりこのくらいに」みちが取りつくろうようにふたたび金平糖を元の小さなものに戻そうとすると、新名がその手を取った、新名はみちの手に唇を近づけ、指にそっとキスをした。

「ずっとこうしたかった」新名はみちの手を掴んだままだ。

「……あの……新名さん」

「好きです。吉野さん」新名は、今度はみちの唇にキスをした。戸惑いつつも、この瞬間を待ちわびていた気持ちが勝り、みちは新名を受け入れた。

太陽に許してもらえなくたっていい……。

みちは新名の背中にゆっくりと手を回し、キスに応えた。新名はみちの羽織の紐を解いた。脱がされた羽織がゆっくりと床に落ちる。新名はみちの髪をやさしく撫《な》で、ふたりで横たわった。

空っぽだった私の心が満たされていく。

みちは目を閉じていた。新名のキスはやがて首筋におりていった。みちの体と心が幸福感で包まれていく。

私が欲しかったのはこれだったんだ。

キスをしながら、新名とみちはしっかりと片方の手の指を絡ませ合った。新名が、みちの浴衣の紐に手をかける。

……もう一度こんな風に愛されたかった。

新名に身をゆだねようとしたとき、動きが止まった。新名がみちの顔を見ている。みちは、自分の頬に涙が伝っていることに気づいた。

「えっ、なんで?」

新名は静かにみちから体を離す。

「あ、あの……すいません……あれ……変だな、私」みちは涙を拭った。「ごめんなさい」

「俺のほうこそ……ごめん」

新名は悲しいくらいにやさしかった。

ひとりになったみちは、着崩れた浴衣を直していた。そして、紙の上に置かれた、金平糖でできたオリオン座と月を見つめた。

どんなに新名さんに惹かれてても、私の中から陽ちゃんがいなくなったわけじゃないんだ――。

そのタイミングで、みちのスマホに陽一からメッセージが着信した。

《明日、六時半に会社解散だよね？　早く上がれそうだから迎えにいくよ》

みちにメッセージを送った陽一は、帰り支度を終えた結衣花に声をかけた。

「助かったよ。シフト入ってくれて」

「別に予定ないんで」

「替わりにどっか休んでいいから」

「……明日よく見えるといいですね。みずがめ座流星群」

「え？」

「見にいくんですよね？　奥さんと」

結衣花に問いかけられたけれど、陽一は黙っていた。

「店長ってわかりやすいですよね。どっか行って見るんですか？」

「あーこの辺だと難しそうなんだよな」

スマホで調べ始めた陽一を一瞥《いちべつ》して、結衣花は「お先です」と、帰っていった。

帰宅した陽一は、ソファでスナック菓子を食べながら缶ビールを飲み、だらだらしながらスマホで星が見える場所を検索していた。と、みちからメッセージが届いた。

《悪いから来なくていいよ。荷物も軽いし》

《大丈夫だから》陽一はすぐに返信した。

《でもバス時間通りに着かないかもしれないし》

《いいから行く。お休み》

ゲームをしようと、スマホを閉じた。

『えええ！　奥さんに浮気がバレてたの？』

何げなくつけていたテレビから聞こえてきた声に、陽一はドキリとした。浮気をした一般男性がインタビューに答えている。一般男性の顔にはモザイクがかかり、声も変えている。

『はい。最近変だなとは思ってたんですよ。ちょっと身体が触れただけで過剰に反応したり』

テレビの中で、モザイクの男性が言う。

『なんでバレちゃったの？』インタビュアー役のお笑い芸人が尋ねる。

『それが浮気相手と奥さんがＳＮＳでつながってて』

モザイクの男性の言葉を聞き、陽一は不安な表情を浮かべた。


翌日、旅館をチェックアウトし、フタバ建設の社員たちはバスに乗り込んでいった。

「あーあ、結局出番なしだったなー」一緒に歩いていた華が、みちに言う。

「出番？」

「下着ですよ。ニーニャ様のために2万もする下着持ってきたのに。先輩は持ってこなかったんですか？　あのエロい下着」

「も、持ってくるわけないじゃん。何言ってんの？」

「冗談ですよ？」

華は動揺するみちを不思議そうに見ている。と、新名が旅館から出てきた。一瞬目が合ったけれど、気まずくなって、すぐにお互い目を逸らした。

もう新名さんと会わないほうがいいのかもしれない。こんな状態で会ってもお互い苦しいだけだ。

東京に向かうバスに揺られながら、みちは窓の外をぼんやりと見つめていた。

「レイラの撮影、再来週の朝イチでスタジオ取れました」楓は圭子に報告していた。

「了解。しかし本当にＯＫもらえるまで何度でも説得するつもりでしたから」

「ＯＫもらえるまで何度でも説得するつもりでしたから」

「それか」圭子が納得したように言う。「楓の熱意がレイラを動かしたってこと。誠意をもってちゃんと伝えればわかってくれるもんなんだね」

圭子の言葉を聞きながら、楓は昨日の朝、レイラの事務所から電話があったときの高揚感を思い出していた。と、同時に「行ってきます」と出かけていった新名の寂しげな後ろ姿も……。

「……編集長、今日はもう上がらせてもらってもいいですか？」楓は切り出した。

「もちろん」

「ありがとうございます」楓は頭を下げて帰り支度を始めた。

陽一は店を早く出るためにコーヒーを多めに作り置きした。遠慮することなく早く帰ればいいのにと、結衣花は思っていた。でも陽一は先ほどから結衣花のほうをチラチラとうかがっている。

「そろそろ出たほうがいいんじゃないですか」結衣花は声をかけた。

「……うん」

「奥さん待たせたら可哀そうですよ」そう言っても、陽一はぐずぐずしている。

「店長?」

「……SNSとかやってたりする?」

「え?」質問の意図がわからず、結衣花は顔をしかめた。

「うちの嫁と連絡取ってたりとか……」陽一は言いかけたが、「いや、なんでもない」と、言葉を引っ込めた。

「……取ってないですよ。連絡なんて」

陽一の妻に先日のことを告げ口するのを怖がっているようだ。ずいぶんと見くびられたものだ、と、結衣花はため息をつきたくなる。

「だよな。悪い。変なこと聞いて」

「急がないと遅れますよ。片づけやっとくんで」

「ありがとう」陽一がエプロンをはずし始めたので、結衣花がカウンターに入った。

「コーヒー好きなだけ飲んでいいから。今日は特別」

「……ありがとうございます」結衣花は作り置きのコーヒーをカップに注いだ。

「じゃあ、あとよろしく」陽一は結衣花に声をかけ、カウンターから出ていった。

「……行かないで」結衣花は、陽一には聞こえないように、そっと呟いた。当然、陽一には届かない。そして陽一がドアに手をかけたとき――。

ガシャン。

陽一が作り置きしたコーヒーの入った大きなポットが、床に落ちた。ガラスが飛び散り、もちろん、中のコーヒーは台無しだ。

「……ごめんなさい」結衣花は振り返った陽一に頭を下げた。

バスがフタバ建設の前に到着した。社員たちは「お疲れさまでした」と言いながら三々五々《さんさんごご》に帰っていく。

「いいなー。旦那さんのお迎え」華がみちに言う。

「来なくていいって言ったんだけどね」それはみちの本音だった。

「いいじゃないですか。愛されてる証拠ですよ」

華はみちがのろけていると思っているみたいだ。でもみちは複雑だった。新名とのことを思うと、うしろめたい。でも、陽一もここのところずっと様子が変だ。

「じゃあ先輩お先です」華が帰っていくのを「お疲れさま」と見送って、スマホを確認した。

《ごめん。ちょっと遅れる》陽一からメッセージが届いている。
《もうバス着いちゃったからいいよ。電車で帰るね》返信して帰ろうとすると、すぐにメッセージが届いた。
《少しだけ話せませんか？》
陽一ではなく、新名からのメッセージだった。

みちと新名は遊歩道のベンチで、少し距離をあけて座っていた。

「……昨日は本当にごめんなさい」新名が気まずい空気をやぶり、先に口を開いた。

「謝らないでください……悪いのは私ですから」それは、みちの心からの言葉だった。

「……」新名は黙っている。

「……あの、私たちもう」みちは切り出したが、

「これ、サービスエリアで見つけたんです。吉野さんにと思って」

新名はみちの言葉を遮り、お土産の袋を差し出してきた。

「なんですか？」

「オリオン座」

「え？」

「開けてみて」

新名に言われて袋を開けると、きれいな砂時計が出てきた。

「きれい」

「形が似てるだけなんだけどね。昨日一緒に見れなかったから」

「……ありがとうございます」

「三分計だって」

「三分」

みちはてのひらに砂時計を置き、きれいな色の砂が落ちていくのを見つめた。新名も見つめ、自然と視線が合う。でもふたりは、何も言わなかった。ふたりの間を、ゆっくりと砂が落ちていった。


陽一は店のカウンター内で、新しいコーヒーを淹れていた。

「本当にすいません」結衣花は床を拭いていた。

「怪我しなくてよかった」

「あと私やるんで。まだ間に合うかもしれないし」

「いいよ。もう帰るって言ってたし」

陽一はお湯を注ぐタイミングを見ながら、ていねいにコーヒーを淹れた。

「……星、見られなくてすいません」

「仕方ない。事故なんだし」残念なような、それでいて、どこかホッとしているような。陽一は自分の気持ちが自分でもよくわからなかった。

楓は高級スーパーの紙袋を手に、帰宅した。紙袋の中身は、旅行から帰宅した新名との時間を過ごすための、ワインやオードブルだ。荷物をテーブルに置き、楓は新名に送ったLINEを確認する。
《昨日途中になっちゃってごめん。今夜ちゃんと話そう》
少し前に楓が送ったメッセージは、未読のままだった。

「……約束します。もうあなたに指一本触れない」

新名はもうあとわずかになった砂を見つめながら、言った。「だから……今までみたいにそばにいてほしい。俺にはあなたが必要なんです」

だんだんと砂が減っていき、終わりが近づいている。このきれいな砂が、すべて落ちる前に、気持ちを伝えたい——。

「……新名さんのそばにいます」

みちが口を開いたとき、すべての砂が落ち切った。

――私は卑怯《ひきょう》者だ。

自分でもわかっている。こんなこといつまでも長くは続かない。それでも、みちも新名のそばに、いたかった。

5

美しいガラスの球体の中を、さらさらと砂が落ちていく。

「砂時計のどこを見ていますか?」新名が問いかけてきた。

「どこを?」

「上か、下か、真ん中」

「またクイズですか?」

みちは笑った。ふたりがまだただの同僚だった頃、新名は会社の資料室で、アインシュタインとモーツァルトはどちらが天才だと思うかと尋ねてきたことがある。

「いえ、砂時計には三つの時間があるんです」新名は言った。「上の減っていく砂は過去、落ちていく真ん中は現在、砂が溜まっていく下は未来」

「過去、現在、未来……」みちは再び砂時計の砂を落とし始めた。

「どこ見ていました?」

「んー、真ん中見ていましたかね? 新名さんは?」

「僕も同じです」

ふたりは気持ちを確かめ合うように、お互いを見つめた。みちの手のひらの上で、砂時計の砂は静かに落ちていった。

床一面に飛び散ってしまったコーヒーを拭きながら、結衣花は何度も謝った。

「私のせいで流星群……すみません」

「しょうがないよ」

「奥さん、怒りますよね？」

「こんなことじゃ、みちは怒らないから」陽一は言った。

「……捨ててきます」結衣花はこぼしたコーヒーを吸い取っていた新聞紙や雑巾をゴミ袋にまとめ、店の外へ出ていった。

「うん」陽一は結衣花が出ていく姿を何げなく見送った。壁には、桜のパズルが飾ってある。あのパズルは……。陽一は入り口近くのテーブル席を見つめた。

七年前のある朝――。

モーニングセットなどを食べる客たちの中、スーツ姿のみちが入り口付近のテーブル席に座り、メニューを見ていた。

アルバイト店員だった陽一は水が入ったピッチャーを手に各テーブルを回り、みちに声をかけた。

「決まった？」

「すみません、もう少し……」

「はい」陽一はカウンターに戻った。

「あの子、よく来るよなー。おまえのこと好きなんじゃねーの？」珈琲豆の下処理をしていた高坂が陽一に言った。

「なんすかそれ」陽一がみちを見ると、目が合った。みちは慌ててメニュー表で顔を隠し、そこからこそっと片手を上げた。陽一は注文を取りにいく。

「……この前、ケーキのサービスありがとうございました」みちは頭を下げた。

「余り物だから」陽一はぶっきらぼうに答え、注文を待った。でもみちは硬い表情でメニュー表を見つめている。

「決まったら呼んで」陽一が戻ろうとすると、

「あの……今日……お仕事の後って、時間ありますか？」みちが尋ねてきた。陽一が黙っていると「ないですよね……」と、うつむいてしまう。

「なんで？」

「ちょっとお話ししたいことが……」

「なに？」

「えっと……そのー連絡先とか……そういうのを……」

みちが恥ずかしそうに言うのを見て、陽一はふっと笑った。

「好きなの？　俺のこと」

「え!?」

動揺しまくっているみちを、陽一はほほ笑みながら見ていた。

あれが、ふたりの始まりだった――。

俺たちのバランスは出会った頃から今まで……いつも変わらない。


二年の交際期間を経て、ふたりは結婚した。

思い浮かぶのは、休日の午後の光景だ。寝っころがりながらゲームをする陽一の隣で、みちが掃除機をかけたり、料理をしたり、洗濯物を畳みながら楽しそうに話しかけてきたり。

出無精《でぶしょう》の俺に文句も言わず合わせてくれたり、ずっと昼寝させてくれたり、いつもそばで笑っていてくれる――。

そんなみちとの関係が心地よかった。陽一は真昼の温かい陽ざしの中、ゲームをしながら寝落ちしてしまうことも多かった。目を覚ますと、みちが陽一に寄り添うように昼寝している。その姿を確認して、陽一も再び眠りに落ちていく。壁に立てかけてある桜のパズルが、ふたりの新婚生活を見守っていた。

俺たちのバランスはこれからも……崩れることなんてない、よな……。

みちと新名が川沿いの道を歩いてくると、やがて駅が近づいてきた。

「こっちなんで」新名が橋の上で足を止める。

「私は」と、みちは反対側を指す。

「じゃあまた明日」

「じゃあ」

川を挟み、ふたりはそれぞれ対岸の歩道を歩きだした。それでも新名が気になって、みちは歩調を合わせてしまう。新名を見ると、目が合った。お互いに気持ちを残しながら、それぞれの帰路に向かった。

「はいこれ、お土産」

陽一が帰宅すると、みちは温泉まんじゅうを見せ、お茶を淹れ始めた。

「……ありがとう」

陽一はさっそく包み紙を剥《は》がして箱を開けた。「結局、迎え行けなくてごめんな」

「いいよ、でも急に迎えなんてどうしたの？」

「いや……思いたっただけ……」陽一はみちの様子をうかがいながら「温泉よかった？」と、尋ねた。

「うん、露天風呂だった」

「へぇ、絶景？」

「星が見えた……かな」

「……星か……」と、言ってみたものの、会話は続かない。みちもそれ以上、何も言わずに陽一の分だけお茶を淹れて、湯呑《ゆの》みをテーブルに置いた。

「みちはどっち食べる？」まんじゅうは茶色と白、二種類ある。

「今いいや、旅行の荷物、片づけてくる」みちは寝室に行ってしまった。取り残された陽一は、後ろめたさと不安が拭えずにいた。

寝室でひとりになったみちは、砂時計を取り出し、てのひらに載せた。

あのとき、ダメだとわかっていたはずなのに……そばにいてほしいと願ってしまった……。

新名と過ごした時間を思いながら、みちは落ちてゆく砂を見つめた。

帰宅した新名は、楓がテーブルの上にずらりと並べたオードブルやワインを見て、驚いていた。

「おかえり、奮発しちゃった」楓は笑顔で出迎えた。

「LINE返せてなくてごめんね」

「ううん、こっちこそ……昨日の朝はさ、ずっと粘っていた仕事がやっとうまくいって、それで」言い訳しようとしたけれど、新名は無言だ。「ごめんなさい。誠のこと蔑《ないがし》ろにしてるわけじゃなくて」

「楓が仕事を大切にしてるのはわかってるから」

新名が穏やかな笑みを浮かべてくれたので、楓は安堵の息をついた。

「食べよっか」楓は席に着いた。

「ごめん。ちょっと今夜は疲れてて……」

「……そっか、じゃあ私も明日食べようかなー」

「ごめんね」新名がキッチンにタッパーを取りにいこうとする。

「私やるよ」楓は新名を制して立ち上がった。

「ありがとう」新名は旅行のバッグを手に、リビングを出ていった。

ひとり残された楓は、手をつけなかったオードブルをタッパーに詰めた。せっかく用意したのに、惨《みじ》めだ。誠もいつもこんな気持ちだったのか、と、ようやくわかった。これまで自分が誠にしていたことが返ってきたのかもしれない……。


翌朝、出社したみちが午前中に行われる会議の準備をしていると、新名が出勤してきた。

「あ、おはようございます」

「おはよう、ずいぶん早いね」と、新名は驚きの表情を浮かべている。

「なんか、いつもより早く目覚めちゃって。新名さんこそ」みちは照れながら言った。

みちは一番乗り。新名は二番目に出勤してきたから、社内にはふたりきりだ。

「僕もです」新名も照れくさそうだ。

「会議中、ふたりで居眠りしてたらマズイですね」みちは機材を運びながら言った。

「ですね……あ、それ、朝の会議の？」

「はい」

「荷物置いたら手伝いに行きますね」

「いいですいいです」

「いや、行きます」新名は足早に自分のデスクに向かった。

「……どうも」みちは嬉しくて、頬が緩むのを抑えられなかった。


新名はすぐに会議室に行き、準備を手伝った。

「今日使うのってこのデータですよね？」

みちがモニターとパソコンの設定をしながら尋ねてくる。

「えっと、はい大丈夫です」

新名はみちの背後からパソコン画面をのぞきこんで確認した。振り返ったみちが、距離の近さに一瞬、動揺した。その緊張が伝わってきて、新名も意識してしまう。みちはあたふたしながらポケットの中を探った。

「あ、そうだ、これ、どうぞ」と、小さな包みに入った金平糖を差し出した。

「あ……旅館の……」あのとき、旅館の部屋でオリオン座に見立てた金平糖だ。

「自分用に買ってたんです。新名さん、どうぞ」

「いいの？」

「砂時計のお返しです……すごく、嬉しかったから」

「ありがとう」

ふたりの間に漂う甘い空気は「おはようございます」と他の社員たちが出勤してくる声にかき消される。

「あ、延長コード取ってきますね」

みちは会議室を出ていった。

あのとき……。

新名は、あの夜、みちが流した涙を思った。

涙の意味はわかっている。でも今の俺には彼女が……。俺は彼女を失いたくない……。

身勝手な苦しみであるとはわかっている。でも、どうしようもなかった。


結衣花が開店準備をしていると、オーナーの高坂が声をかけてきた。

「そうだ、これ、誰かと行きな。昔の仲間に売りつけられてさ」

そう言うと、舞台のチケットをカウンターの上に置いた。

「流星群の彼女と行けばいいじゃないですか」結衣花は芝居には興味がない。

「いやーもう行けねぇな」

「ん？　流星群見れなかったんですか？」

「結局カミさんと見たんだよ。実家から急に帰ってくんだもん」

「オーナーは奥さん孝行できたんですね」

「ったく、星なんて見せんじゃなかったよ。今朝も朝っぱらからはしゃいじゃって、めんどくせーから逃げてきた」

「じゃあ、その彼女は……」

「だから、コレなわけ」

高坂は両手の人さし指を顔の横に立て、鬼のポーズをしている。結衣花は、悪びれる様子もなく妻と彼女の話をする高坂と自分の状況とを重ね合わせた。

「……できた」と、高坂はパズルの最後の一ピースをはめて完成させ、嬉しそうにしている。「ほら、ケセラセラ！　なるようになる、だよ」

「……なるようになる……残酷ですね」結衣花はため息交じりに言った。「なんで男って不倫するんですかね？」

「いや……」上機嫌だった高坂は、黙りこんだ。

「……結局、奥さんの所に戻っていくのに……どうして？」

結衣花の問いかけに、高坂はただ困惑の表情を浮かべていた。

結衣花の脳裏に、三年前の記憶が蘇ってくる。

岩井と喫茶店でお茶を飲んでいた。今のように無頓着ではなく、当時はきちんとメイクをし、おしゃれもしていた。

「……もうふたりで会うのはよそう」岩井は唐突に切り出した。

「え？」

「……妻に気づかれた」

「でも、奥さんとは別れるって」ずっとそう言っていた。だからつきあっていた。

「妻が妊娠したんだ。だから、もうこの関係は続けられない」

別れを告げる岩井を、結衣花はただ茫然《ぼうぜん》と見つめるしかなかった。

昼休み、みちは会社を出て、近くのキッチンカーでテイクアウトのランチを注文していた。

「あー、会社で幸せを感じるのはこの時間だけ」

そんなことを言っていた華が「あ、お疲れ様です！」と、声の調子を変えた。見ると、すぐ後ろに新名が並んでいる。

「お疲れ様です」新名はみちと華に声をかけてきた。

「新名さん！　お弁当じゃないんですか？」華が尋ねる。

新名にしては珍しく、弁当を忘れてきたのだ。

どの弁当がおすすめかという他愛もない会話。しかし、今の新名とみちにはこんな会話さえこれまでと違って感じる。そんなふたりの様子を横目でうかがいながら、華がみちに尋ねてきた。

「そういえば先輩、なんで今日早かったんですか？」

「早く目が覚めたから……」

「ふーん」華は意味ありげな口調でみちを見てくる。

「朝の会議の準備もあったしね」

「あれ、ひとりでやったんですか？」

「……ひとりだよ」

「私だったら誰かに手伝ってもらいますけどねー」

どこか探るような調子で言う華に気づかれないように、みちは新名に目配せをした。

「せっかくだし新名さんもここで食べましょ！」華は新名を誘った。

「は、はい」新名がうなずく。みちは少し困惑しつつも、嬉しい。

「席取ってきまーす」

華がテーブル席を確保しようと歩き出したのでみちも後を追うと、持っていたチラシが風に飛んだ。

「あ」

追いかけると、そこにカツカツとハイヒールの足音が近づいてきた。拾おうとして躓《つまず》きそうになったみちよりも先にその女性がチラシを拾ってくれる。

「どうぞ」

「ありがとうございます!」

「いえ、大丈夫ですか?」笑顔を見せる女性は、美人で、とても洗練されていた。

「あ、はい、すみません」

みちが改めて礼を言ったとき、女性は「誠!」と、走り出した。誠? 新名さんの名前? 自然と視線が女性を追いかけた。

「楓……どうしたの?」キッチンカーでランチを受け取っていた新名が声を上げた。

「誠の会社に行こうとしてたらちょうど見えたから」

あの人が、新名さんの奥さんの楓さん……。

「もしかして新名さんの？」華が言うのが聞こえたのか、楓はみちたちのほうを見て会釈をした。そしてまた新名に視線を戻す。新名は戸惑いながらもテーブル席のほうに歩いてきた。

「会社の同僚の……」

「北原です！」華は自ら自己紹介をした。

「どうも……吉野です」みちもぎこちなく笑みをつくる。

「ご挨拶が遅れてしまってすみません。新名の妻です。いつも主人がお世話になっております」

楓はていねいに頭を下げた。みちと新名の表情は硬直していた。

「奥さまって『ＧＩＮＧＥＲ』の副編集長さんですよね！　私、雑誌のすごいファンで」と、華がはしゃいだ声を上げる。

「ありがとうございます」

「先月号の『恋する仕上がり女子コーデ』最高でした！」

華と楓がやり取りしているのを聞きながら、みちはこっそり新名を見た。新名も緊張気味に視線を返す。

「今日はどうされたんですか？」華が無邪気に楓に尋ねた。

「あ、誠、これ、忘れていったでしょ」楓はバッグから弁当を出して渡した。

「ああ……ごめん」

「お弁当、買っちゃったんだね……」楓が残念そうに言い、一瞬、沈黙が流れた。

「あ！　午後から山田《やまだ》部長の会議ですよ！　三十分前に準備終わらせなきゃ！　先輩そろそろ！」沈黙を破るように、唐突に華が言った。

「……え、う、うん」

うろたえているみちの腕を取り、華は「失礼いたしまーす」と、会社のほうに歩きだす。みちは楓に向かって少し頭を下げ、華に従った。

「忙しいのに、どうして」新名は楓に尋ねた。

「ううん、バーバリーの展示会の前にちょっと寄る時間あったから」楓は言った。

午後の仕事が手につかなくなったみちは、気分が悪いからちょっと外の空気を吸ってくると華に告げ、屋上に出てきた。しばらくひとりでぼんやりしていると「大丈夫ですか？」と、華が水を持ってきてくれた。

「貧血かな？　ありがとう」力なく笑うみちを、華が冷めた表情で見ている。

「先輩、新名さんとつきあってますよね？」

「えっと……」みちは頭が真っ白になってしまう。

「マジメなふたりがそっち行っちゃうんだもんなー」

「華ちゃん……なんで……その……？」

つきあっていると認めてはいけない。そもそも、つきあっていると言える状態なのかもわからない。とはいえ、なんでもないとも言えなかった。突然のことでいろいろな考えが浮かび、返事もできずに戸惑うみちを見て、華は呆れたように笑っている。

「だって先輩も新名さんも、ラブラブ光線出まくりだし、あれいつか、私じゃなくてもバレますよ。気をつけてくださいね？」華はみちの目をじっと見た。

「前にも言いましたけど、日の当たらない恋は覚悟が必要なんです。これから進む道は旦那さんも、新名さんの奥さんも、周りを深く傷つけるってことを自覚してください。その上で自分がどうするか、きちんと決めてから進むんです。奥さんに会ったくらいで動揺するならやめたほうがいいです」

その言葉に、みちは浮かれていた自分が恥ずかしくなった。

「先輩が今から進む道はイバラの道。それでも進むというなら私は応援しますけど」

「でも華ちゃん、新名さんのこと……」

「あー、大丈夫です、新名さんのことなら、私は先輩に負けた。それだけです」

華はあっけらかんと言う。「部長には適当に言っときますから、ちゃんと顔上げられるようになったら戻ってきてください」

「ありがとう……」

華が屋上から出ていった。みちは全身の力が抜けていくのを感じていた。

あんなにきれいな人……私なんて……。

みちは顔を両手で覆った。

華ちゃんの言う通りだ。新名さんの奥さんに会っただけでこんなに……。


仕事中、結衣花は高坂からもらったチケットを見ていた。

「ん？」陽一が結衣花の手元をのぞきこんでくる。

「いります？　二枚あるんで」

「いい。うちのあんまりこういうの好きじゃないし」

うちの、という言葉に打ちのめされ、結衣花はチケットをひっこめた。

「誰か一緒に行く人とかいないの？」

尋ねられ、黙っていると、陽一はさらに「誰か、そういう人」と、たたみかけてくる。

「店長って人の気持ちがわからない人ですね」

結衣花は陽一から顔をそむけた。

みちは下りのエスカレーターに乗っていた。と、上りのエスカレーターで新名が上がってくるのが見えた。目が合ったけれど、みちは視線をはずした。距離が近づいてくると、新名の視線と、何か言いたそうにしている気配を感じた。それでもみちはかたくなに目を伏せたままでいた。エスカレーターがすれ違い、背を向けたまま、ふたりの距離は離れていく。

新名のことが気になる。でも振り返れぬまま、みちは身をすくませていた。

帰宅したみちは、暗い部屋でソファに横たわっていた。頭の中では、楓に「新名の妻です」と挨拶されたシーンがぐるぐると再生されている。

もう私、どうしたらいいかわからない……。

みちは大きなため息をついた。

「ただいま」

陽一が帰宅すると、リビングは真っ暗だった。電気をつけると、みちがソファに横たわっている。

「おかえり」

「どうした？　電気もつけずに」

「調子悪いからちょっと休むね」みちは起き上がり、寝室に向かおうとした。

「……夕飯は？」

「ごめん。作ってない」

「じゃなくて、食べた？」

尋ねると、みちは心ここにあらずといった様子で首を横に振る。

「なんか欲しいものあったら……」

問いかけようとしたけれど、みちは振り返りもせずに寝室に入った。陽一はおもむろにキッチンに行き、冷蔵庫を開け、結衣花の言葉を思い出していた。

人の気持ちがわからない人、か……。


一方、寝室に向かったみちは、丸くなって布団にくるまり、自問自答を続けていた。

こんな覚悟で新名さんと会っていいのか……。

※

夜、帰ってきた楓は、鞄から空の弁当箱を出して流しに置いた。

「ごちそうさま、おいしかった。結局私が食べちゃったね。意味なかったね」

楓は笑っている。

「でもなんで急に来たの？」新名は尋ねた。

「だから展示会のついでに」

「いつもはそんなことしないよね」感情を抑えながらも、苛立《いらだ》った声が出てしまう。

「迷惑だった？」

「いや、でも連絡くらいしてくれたら」

「誠の会社に着いたらしようと思っていて」

「別に弁当なんて……」思わず吐き捨てるように言うと、

「え？　誠さ、やっぱり何かあるよね？」楓が新名の顔をうかがいながら尋ねてくる。

「思っていることあるよね？　記念日のことでしょ？　あるならちゃんと言って」

「じゃあ言うけど」

意を決して話し出そうとすると、楓のスマホが震えた。圭子からだ。いつもなら「出ていいよ」と言う新名が何も言わないので楓は電話に出られずにいた。そして電話は切れた。そのタイミングで、新名は口を開いた。

「俺と楓ってなんで一緒にいるのかな？」

「え、何？　急に」楓は目を見開いた。

「急じゃないよ」ずっと、思っていたことだった。

「楓の仕事への思いはわかってる。だから俺も協力してきた。でも、楓の、俺への気持ちが見えないんだ」

「誠がいるからこうして仕事ができてるんでしょ、すごく感謝してる」

「俺は楓の仕事のためにだけいるの？」

これまで何度も言いかけて、喉《のど》の手前で引っかかっていた言葉を、ようやく発することができた。

「そんなわけないでしょ」

「じゃあ、なんでずっとセックスを拒むの？」

「それは何度も言ってるけど、今じゃないの、今それどころじゃなくて」

「じゃあ、いつになったらいいの？」

「それは……」楓が続きを言おうとしたけれど、新名は遮った。

「一年後？　二年後？　編集長になってから？　俺は一生待ってろってこと？　俺たち、夫婦の時間すらまともにつくれてない」新名はリビングを出ようとした。

「誠、私のこと、嫌いになった？」

楓が新名の背中に問いかけてくる。「……もう好きじゃない？」

「……わからない」

新名はリビングを出て、寝室に駆けこんだ。自分が思っていた以上に強い言葉があふれ出てきたことに、戸惑いを隠せずにいた。

楓のあんな顔、初めて見た……でも俺はもう……。

寝室のベッドに腰を下ろし、新名は通勤用のカバンを手にすると、みちからもらった金平糖を取り出した。オリオン座と月に見立てて金平糖を配置したときのみちの無邪気な横顔を思い出し、胸が痛くなった。


翌日、楓はいつものように編集作業をバリバリこなしていた。

あんなに誠を追い詰めてしまっていたとは思わなかった。あそこまで悩んでたなんて……。

昨夜、新名とやりとりをしてから、楓の胃はキリキリと痛んでいる。そこに、加奈が血相を変えてやってきた。

「楓さん、すみません！　画像のアタリデータの手配を忘れてて、今から急いで画像セレクトして送ります。すみません、すみません！」

「大丈夫。優先順位を考えて。まずデザイナーに明日くらいまで待ってもらえるか相談してみて」楓は落ち着いた口調で言った。「こういうときはまず目の前にあるタスクから処理するの」

楓が言うと、加奈はデザイナーに電話をかけ始めた。楓は他の編集部員にもテキパキと的確な指示を出している。

そう、私はいつもこうやって乗り越えてきた。目の前のできることから……、そんなことを思いながら見ていると、加奈が電話を切り、楓のほうを見た。

「印刷所、大丈夫でした！」

「うん。あ、横井さん！　夕方の打ち合わせ、自宅でリモートつなぐから」

楓が言うと、加奈は意外そうな顔で「え、あ、はい」と、うなずいた。

客がいない店内で、結衣花は暇を持て余し、コーヒーカップを拭いている。陽一はその様子をチラチラうかがっていた。

「あのさ……教えてほしいんだけど……人の気持ちがわからない人ってどういうこと?」

「忘れてください」一度陽一を見た結衣花が、目を逸らす。

「いや、教えて」陽一が食い下がると、結衣花は拭いていたカップを置いた。

「私、軽い女って思われているかもしれないですけど」結衣花は強い眼差しで陽一を見据えた。「でも、少なくともなんの好意もない人と寝たりなんてしないんで」

そこに客が入ってきて、ふたりの会話は途絶えた。


午後から会議だ。みちが資料を手に廊下を歩いていると、前から新名が来ることに気づいた。一瞬、視線が合ったけれど、みちは新名を避け、さっと会議室に入った。

新名のことを考えないようにして準備をしていると、スマホが震えた。新名からだ。

驚きながらも、とりあえず電話に出た。

「吉野さん……ごめんなさい」会議室のすりガラスの向こうに、新名がいるのが見える。

「何もできなくて……ごめん」

「新名さんは何も悪くありません」

「……いや」

新名は次に何を言おうか迷っているようだった。みちも黙っていた。

「昨日は金平糖ありがとう、嬉しかった」

「いえ」

「もったいなくて食べられないけど」

「そんな」硬い表情で聞いていたみちはふっと笑った。

「やっと話せた……」

新名が嬉しそうに言うのを聞き、みちは振り向き、すりガラス越しに新名の姿を見た。

新名さんの声を聞いてしまったら、私はすぐに揺らいでしまう……。

「今度、プラネタリウム行きませんか？」新名が尋ねてくる。

「え……」

「冬じゃなくてもオリオン見れるから」

「またその話ですか、恥ずかしいんでやめてください」

「だめですかね」

「いえ、オリオン見たいです」正直な気持ちを、口にしてしまった。

「吉野さん」

「はい」

「アルテミスのそばにちゃんとオリオンはいます」

「え」

「います、何があっても」

「……はい」

みちがすりガラスを見ると、新名が手を当てているのが見えた。みちもガラス越しに手を合わせてみた。

冷たいこの手に、また触れられる日はくるのかな……。


「三島さん」

閉店後、陽一は帰ろうとしている結衣花を、呼び止めた。

「俺、三島さんのこと傷つけてきたんだよね？　これまでずっと、自分が嫌な思いしないように、なんていうか、そうやって自分を守って生きてきたんだと思う」

陽一が話すのを、結衣花はドアのそばで聞いていた。

「俺の無神経な行動も言動も、三島さんを深く傷つけてしまっていた……すみませんでした」

陽一は深く頭を下げた。

「……頭上げてください。私も言いすぎました。でも伝わってよかったです」

結衣花は頭を上げた陽一の前で、突然パンッと両手を合わせた。

「はい！　この話は終わりにしましょう！」

そう言うと「お疲れ様でした」と、帰っていった。陽一は目をぱちくりさせながら、結衣花が出ていったドアを見ていた。

……きっと俺はみちのことも、こうやって傷つけてきた。俺が本当に謝らないといけない相手は……。


帰宅したみちはキッチンで夕飯の支度をしていた。

「なんか手伝おうか？」

ソファでゲームをしていた陽一が声をかけてくる。

「大丈夫」

……このまま私は陽ちゃんを傷つけてしまうんだろうか。

そんなことを思っていると、みちのスマホが鳴った。陽一の姉、麻美《あさみ》の名前が表示されている。

「あ、お義姉《ねえ》さんだ……もしもし、どうもお久しぶりです。はい、はい、あー、ちょっと待ってくださいね」

電話口を手で押さえて「お義姉さん、東京来るって」と、陽一に声をかけた。

「へぇ、で？」

「子ども預かってくれないかって」

「何しに来んの？」

「さあ？　子ども預かるの私はいいけど……陽ちゃんは、やだよね？　断ろっか」

「一日くらいいいよ」

「え、いいの？」

「預かるよ」

いつもだったら嫌がるのに、と、驚きつつ、みちは義姉との会話に戻った。

「もしもし、こっちは大丈夫です。いえいえ全然……」

新名が帰宅すると、楓がキッチンで料理をしていた。

「……どうしたの？」思わず尋ねてしまう。

「一緒に食べようと思ってね」楓は明るい調子で言った。「でも慣れないことするもんじゃないねー！　失敗、焦げちゃった、火は通ったと思うけど。ハンバーグって難しいんだね、普通に食べてたけど」

「楓、無理しないでいいよ」やさしく言ったつもりだが、楓の笑みが固まった。そこに洗面所からピーピーと洗濯完了を知らせる音が聞こえてきた。

「あ、洗濯終わった」楓がパタパタと洗面所に向かう。

楓が頑張ってくれればくれるほど、今さらなんなんだと腹を立ててしまう。

新名は皿の上の焦げたハンバーグを見つめていた。


誠……目も合わせてくれなかった……。

楓は洗濯機の前で、途方に暮れていた。


休日、吉野家のマンションに姪の美咲《みさき》と甥の翔太《しょうた》がやってきた。六歳と四歳の姉弟はやんちゃ盛りだ。翔太はリビングを走り回り、陽一のゲーム機をさっと手に取った。

「ダメダメ！ あぁ、それ触らないで」

陽一は、ゲーム機をぶん投げようとしている翔太を必死で追いかけた。いつになく焦っている様子の陽一がおもしろくて、みちは笑った。と、美咲がみちのメイク道具を床にばらまいている。

「あぁぁー！　やめてー！」

みちも急いで美咲を止めた。お互いの様子を見ながら、みちと陽一は顔を見合わせて苦笑した。


ふたりを公園に連れていった帰り、みちは美咲と手をつないで歩いていた。陽一は眠ってしまった翔太をおんぶして歩いた。

私たち、家族みたいだ……。みちはしみじみ感じていた。


夕方、駅のロータリーで、麻美にふたりを引き渡した。

「子ども面倒見てくれてありがとね」

「いえ……楽しかったです」

みちはどうにか笑顔を返したが、陽一は笑う元気もない。

「ノドかわいたー！」美咲が自動販売機を見つけて麻美を呼んだ。麻美に抱っこされていた翔太が地面に下り、みちに「ジュースー！」と、抱きついた。

「お姉ちゃん買ってあげるから、何がいいー？」みちは翔太を抱き上げ、自動販売機に向かった。陽一は麻美が座っているベンチに腰を下ろした。

「今日は助かった、サンキューね」

「毎日大変だな、姉貴も」

「これからもっと大変になるけどね」

その言葉の意味がわからずにいると、麻美は「うちね、離婚するの」と言った。

「……マジ?」

「うん。今日はその話し合い。弁護士交えてね」

「ああ……」だから事情も言わずに子どもたちを預けたのか、と納得する。

「あんたはさ、みちさん大事にしなよ」麻美は明るい調子で言った。「みちさんと一緒になってから、ずいぶんマシになったからさ」

「マシって」

「よく笑うようになったよね」

「……」

「でも、結婚してるからってあんまりアグラかいてると痛い目あうよ」と、今の陽一を見透かしたように言う。

「平気だよ……」

陽一は、自販機の前で子どもたちの相手をしているみちを見た。

「夫婦ってお互いわかっていると思ってても、わかってないことのほうが多いから。ちゃんと言葉にして伝えなきゃダメだよ。これからずっと一緒にいたいなら、そこんところ、しっかり考えなきゃ」

麻美の言葉が、やけに胸に沁《し》みた。


みちと陽一は駅からマンションへの道を歩いていた。

「疲れちゃった？」

「別に」陽一がぶっきらぼうに言う。

「私はちょっと疲れた」駅で子どもたちを引き渡し、どっと疲れが出た。

「ちょっとか？」陽一はからかうようにみちを横目で見た。

「いじわるー、でも楽しかったな」

ふたりで笑っていると、陽一が真剣な表情になった。

「……俺さ……」

「ん？」

「こんな性格だし、みちのこと無神経に傷つけているかもしれないけど、傷つけたいなんて思ってないから」

「どうしたの、急に」みちは陽一の表情をのぞきこんだ。

「……努力するからさ、本当に、あのことも」

「あのことって」

「エッチのこと」

陽一はハッキリと口にした。「ちゃんと考えてるから」

「……うん……」

みちは陽一の気持ちが嬉しかった。笑顔を返すと、陽一がみちの手を取った。

「……陽ちゃんの手、あったかい」

みちは陽一の手をしっかりと握った。ふたりは手をつなぎ、坂道を上っていった。

※

週が明けた日の夕方、楓は必死で仕事を片づけていた。

加奈がやってくると、すでに楓がまとめ終えた資料のファイルを渡し、テキパキと指示を伝える。

「え、もう全部まとめてあるんですか」

加奈が面食らう暇もなく、楓は言葉を続けた。

「うん、あとは大丈夫だよね？　ごめん、今日も早めに帰る。打ち合わせはまたリモートつなぐから」

言い終えるやいなや、楓は足早に編集部を出た。


自宅マンションの最寄りの駅で降りた楓は、途中でスーパーに寄り、スマホでレシピを検索しながら食材を選んでいった。買い物に慣れていないので、食材の置いてある場所がわからず、我ながら要領《ようりょう》の悪さがイヤになる。早足で通路を行ったり来たりする楓の眉間には、いつのまにか深いしわが寄っていた。


新名はフタバ建設の長いエスカレーターを下りながら、スマホを開いてプラネタリウムのチケットを二枚購入した。

川沿いの遊歩道を早足で歩いていくと、みちがベンチに座っていた。

「すみません、待たせてしまって」

新名はさっそくスマホを取り出した。

「プラネタリウムなんですけど、すごいよさそうな所見つけて、急だけど今夜行きませんか」

プラネタリウムのホームページを表示させて見せようと、顔を上げた。

「……ごめんなさい」

みちは硬い表情で、頭を下げた。新名は驚いてみちの顔を凝視した。

「もう会えません」

「え……」

「やっぱり、ただの同僚に戻りましょう」

みちは苦しそうに、でもきっぱりと別れを告げた。

相変わらず客が少ない店内を眺めながら、そろそろ閉店準備をしようかという頃、結衣花のスマホにショートメールが届いた。

《岩井です》《久しぶりに会いたい》

画面を見た結衣花は、顔を歪めた。

「……やりたい、の間違いだろ」

思わず、口に出てしまった。カウンターにいる陽一には聞こえていないはずだが、ちらりと結衣花の様子を気にしていた。

みちは新名を残し、駅に向かって川沿いの道を歩いていた。

反対側の川沿いの道を行く新名と歩調を合わせて歩いた日の記憶が蘇ってくる。あのときは新名と離れがたかった。

今も、新名を残して立ち去るのは心苦しかった。でも、もう終わりだ。

私たちの関係は、ずっと続くわけない……砂時計みたいにキラキラして見えるのは一瞬だ。その一瞬に私たちは逃げているだけだ。

砂時計には三つの時間があると言っていた新名の言葉を思い出す。上の減っていく砂は過去、落ちていく真ん中は現在、砂が溜まっていく下は未来だと言っていた。

きっと私と新名さんは「今」しか見えていない。私たちには過去も未来もない……。

みちは思いを振り切るように、早足で歩いた。

陽ちゃんとの「今」が苦しいのは……、きっと私と陽ちゃんには過去も未来もあるから。私と陽ちゃんは、少しずつだけど、ちゃんと未来を見て歩いている。

帰宅したみちは砂時計を箱に入れて、クローゼットの奥深くにしまった。

6

重い足を引きずるようにして、新名はひとりプラネタリウムにやってきた。建物のまわりは新名の心をそのまま映したかのようにひっそりと静まり返っている。入り口には『本日の上映は終了いたしました』と看板が出ていた。

踵を返し、歩きながら夜空を仰いだ。頭上には、星ひとつない、真っ暗な都会の夜空が広がっている。

いいんだ……。これでいい。

新名は自分に言い聞かせながら、悄然《しょうぜん》と歩き続けた。

みちは自宅のキッチンで夕飯を作っていた。今夜は何か手の込んだおかずを作ろうと決め、餃子《ぎょうざ》にした。手を動かしていれば余計なことは考えずに済むとばかりに、一心不乱に餃子を作り続けた。

目の前の皿には、不格好な餃子が並んでいた。

欲しいのは穏やかな暮らし。私に冒険なんて似合わない――。

「おぉ、餃子」帰宅した陽一が、嬉しそうな声を上げた。

「……やめとけばよかった」みちは小さくため息をついた。「張り切って具、作りすぎた。全然終わんないよ」

ボウルにはまだまだ大量の餃子のタネがある。うんざりした表情を浮かべているみちを見て、陽一はふっと笑った。

「しょうがない」そして隣に立ち、手伝い始めた。「ふたりでやれば早いだろ」

「手、洗った?」

みちは、すでに素手で皮を広げ、タネを包んでいる陽一を見た。

「……焼けば大丈夫だろ?」

「もう～」みちは口をとがらせた。でもおかしくて笑ってしまう。そんなみちを見て、陽一も笑っている。キッチンには夫婦のおだやかな時間が流れていた。


新名のマンションのキッチンでは、楓が不安げに何度もオーブンの中をのぞいていた。慣れない上に手のかかる料理に挑戦したので、流し台は野菜の切れ端や調理器具でごちゃごちゃだ。ピピッとできあがりの音が鳴ったとき、ちょうどいいタイミングで玄関のドアが開いた。

「おかえり」入ってきた新名に声をかける。「ちょうど今できたところ。食べよ」

楓はオーブンを開け、彩り豊かな白身魚のアクアパッツァを取り出した。ちゃんとできているようで、とりあえず安心する。

大皿をテーブルに置き、新名と向かい合った。一口食べてみると、味はなかなかだ。思わず顔がほころぶ。

「どう？　おいしい？」楓は新名の表情をうかがった。

「……うん。おいしいよ」新名は淡々と食べていた。


寝室に入ると、陽一はベッドの上でゲームをしていた。

「電気消すよ」声をかけると陽一はゲームをやめ、ベッドライトを消した。ベッドに入ったみちが寝返りを打つと、陽一がみちのほうを向いていた。

なんとなく、気まずい。お互いが緊張しているのがわかってしまう。みちは不自然にならないように寝返りを打った。

今は焦らず、陽ちゃんの言葉を信じて待とう。

背中に陽一の気配を感じていると、陽一も体勢を変え、仰向けになった。そしてみちの手を取った。みちも、陽一の手を握り返した。

大丈夫。私たちは永遠を誓った夫婦なんだから。

みちはそっと目を閉じ、眠りについた。


陽一はみちの手を握りながら、目を開けて、暗い天井を見つめていた。頭の中でさまざまな思いが駆け巡る。今夜はなかなか眠れそうになかった。


翌日の昼休み、みちと華はキッチンカーでランチを買い、テーブル席で食べていた。みちは周りに人がいないことを確認し、新名とのことを華に報告した。

「え!?　別れちゃったんですか?」

「……うん。やっぱり私にそんな覚悟は――」

「唐揚げひとつもらっていいですか?」華が唐突に言い、ぽかんとしているみちのプレートから、唐揚げをひとつ取って、口に放り込んだ。「代わりに言ってほしいことあったら言いますよ?」

華が言うが、みちにはその言葉の意味がよくわからない。

「『不倫なんてやめて正解』とか、『失恋つらかったですね～』とか……『本当にそれでよかったんですか？』とか」華はもぐもぐと唐揚げを頬張りながら言った。「先輩、なんか言ってほしそうな顔してたんで」

なるほど。そういうことか。でも、慰めの言葉や励ましの言葉はいらない。

「……代わりにコロッケいただきます」

みちは華のプレートから、コロッケをひとつ奪った。

楓はタクシーの中で膝の上にタブレットを広げながら、電話をかけていた。

「うん。それで先方にメール入れといて……よろしく」

タクシーは赤信号で停まっていた。電話を切ってふと窓の外に視線を移すと、楓と同年代の母親と子どもが手をつないで信号を渡っていた。タブレットを操作しようとした手を止め、思わず見つめてしまう。

私だって子どもが欲しくないわけじゃない。ただ少し先延ばしにしていただけ。それだけなのに……。

楓は新名の言葉を思い出した。

なんでずっとセックスを拒むのか、いつになったらいいのか。一年後？　二年後？　編集長になってから？　新名からの問いかけに、楓は答えられなかった。

あの頃は、新名に甘えていた。新名は自分のことをわかってくれているし、なんでも受け入れてくれると思っていた。けれど、日に日に新名の様子は変わっていった。「誠、私のこと、嫌いになった？」と尋ねたとき、そんなことはないと言ってくれると思ったのに、新名は「……わからない」と、言った。

夫に拒絶されることがこんなにつらいなんて。

昨夜、楓が作った夕食を食べていた新名の無表情な顔を思い出し、さらに胸が痛くなる。

誠の目に私は映っていない……。

信号が青になってタクシーは発車し、親子連れの姿は遠く離れていった。

夕方、陽一は店の外のデッキでタバコを吸っていた。吸い終わって立ち上がると、ちょうど十八時のチャイムが鳴った。だいぶ日が長くなったが、だんだんと暗くなりかけている。

「陽一は？　焼肉とジンギスカンどっちがいい？」

店に入っていくと、高坂が尋ねてきた。

「三島ちゃんの歓迎会まだだったろ？　店終わったらどうだ？」

「ああ……」陽一はちらりと結衣花を見た。

「おまえは焼肉よりジンギスカンより家でゲームか」

「行きます」昨夜の寝室での息苦しさが頭をよぎり、陽一は歓迎会に出ると答えた。

「珍しいな」

「羊は苦手です」

「じゃあ焼肉で決まりだな」陽一は言った。

高坂が結衣花を見る。結衣花は口元にかすかに笑みを浮かべ、うなずいた。

今日をやり過ごしたところで夜は毎日来るんだよな。

そんなことを思いながら、陽一はカウンター内に戻った。


みちは華と会議室の後片づけをしていた。

「山田部長の話って本当眠いですよね」

「あれはアルファ波出てるね」

ふたりで笑っていると、新名が入ってきて、ドキリとする。

「新名さん、次ですか？」華が尋ねた。

「あ、はい。手伝います」

新名は椅子を片づけているみちのそばに来て手伝いだした。みちはどうしても態度がぎこちなくなってしまう。

「今日って営業一部の会議ありましたっけ？」華が尋ねてきた。

「……急に決まって」

「そうなんですね。会議室に何か他に用があるのかと思いました」

華の言葉に、みちも新名も一瞬黙った。

「あ、総務に社印もらいに行くの忘れてた。先輩あとお願いしますね」

「え、ちょ、ちょっと」みちは華を止めた。

「同僚に戻ったんですよね？」華はみちの耳元でこっそりささやき、出ていった。

「……あの」新名がみちに声をかけてくる。

「人が来ますから」みちは顔を上げずにいた。

「もう一度話せないかな」

「もう決めたんです。夫と向き合うって。夫婦ですから」

みちはごめんなさい、と言い、慌ただしく会議室を出た。

お願いだから引き戻さないで。

自席に戻り、みちは呼吸を整えた。

会議室にひとり残された新名は、力なく椅子に座っていた。

誰か教えてほしい。どうやったら忘れられるのか……。

そのとき、新名の元に一通のメールが届いた。

開いてみると、それはスカウトエージェント会社からのメールだった。

「突然のメールで失礼致します。国内大手建設会社様よりヘッドハンティングのご依頼があり連絡させて頂きました。出来ましたらご都合よき時に一度お会いして――」と書いてあった。

夜、店内には客がいなくなった。

「よしっ、早めに閉めちゃうか」カウンターでパズルをしていた高坂が言う。

「いいんすか?」

「光熱費と人件費の節約だよ」高坂がニヤリと笑うと、

「焼肉屋すぐ入れるか電話してみます」結衣花が嬉しそうに電話をかけ始める。

「俺も一応カミさんに連絡しとくか。お前もしとけよ」

「あ、はい」陽一もスマホを取り出す。と、みちからメッセージが届いていた。

《一緒に帰ろう。今からお店行っていい?》

え、と思っていると、ドアが開いた。

「こんにちは」みちがニコニコと立っている。

「あれ、みっちゃん」すぐに反応したのは高坂だ。「どうしたの?」

「たまには一緒に帰ろうかなって」みちは陽一を見た。「返信ないから来ちゃった」

「……悪い、気づかなかった」

思いもよらぬ展開に、陽一は動揺しまくっていた。そんな陽一の様子には気づかず、みちは結衣花を見て頭を下げた。

「ああ、初めてだったね。三島ちゃん。うちの看板娘」高坂が言う。

「どうも。吉野です。いつも主人がお世話になってます」

「……どうも」結衣花は硬い表情で会釈を返した。

「あ、みっちゃんも一緒にどう? 三島ちゃんの歓迎会」

高坂の発言に、陽一はやめてくれ、と、心の中で叫んだ。結衣花の顔もひきつっている。

「え!? いやいやいや」

遠慮しているみちを見て、陽一は来ないでくれと、願っていた。

だが、みちも一緒に来た。四人席で、陽一とみちは並んで座った。

「そういえば前も高坂さんに焼肉連れてってもらいましたよね？」

みちが向かいの席の高坂に問いかける。

「そうだっけ？」

「奥さまと四人で。ね？」みちは陽一を見た。

「あ、うん……」陽一は曖昧にうなずいた。

「ああ。結婚式のスピーチ頼みにきたときな。もう何年前だ？」

「五年です」

「……結婚五年目なんですね」結衣花の発言が、陽一の胸に刺さる。

「はい。三島さんは？」みちが笑顔で答える。

「私は全然」結衣花は小さく首を振った。

「いい女はなかなか結婚しないって言うからな」高坂が言う。

「あ、それって結婚してる女はいい女じゃないってことですか？」

「いや、そういうんじゃ……」高坂は口ごもり「助けろよ」と、陽一を見た。

「こっち振んないでくださいよ」助けてほしいのはこっちだ。陽一は会話に入らず、肉に手を伸ばした。と、袖口にタレがついてしまう。

「陽ちゃん、袖」みちが気づいておしぼりを手にして、袖を拭く。

「このくらい大丈夫だよ」

「大丈夫じゃない、シミ抜きするのこっちなんだから」

　みちが甲斐甲斐しく振る舞うほど、陽一はいたたまれなくなる。


　どうにか時間は過ぎていき、もう網の上の肉は数枚を残すのみだ。

「シメになんか頼むか？」高坂が三人の顔を見回した。

「オーナーは？」結衣花が尋ねる。

「俺はいいよ。遠慮しないで好きなもん食え」

　その言葉に促され、三人はとりあえずメニューを見始めた。

「そういや前にオネエちゃんに聞かれたことあったな。焼肉のシメに何頼むかって」

　高坂が言う。

「なんですかそれ？」陽一は店員を呼びながら、高坂に尋ねた。

「心理テストだよ。何を選ぶかで浮気度がわかるんだってよ」

　浮気というワードに、陽一は息を呑《の》んだ。結衣花はもちろん、みちも黙っている。

「一番浮気するやつが頼むのは……なんつってたかな……」

高坂が真剣に考え始めたとき、店員が「お待たせしました」と、やってきた。

「あ、えっと……」陽一はみちに「決まった?」と、尋ねた。

「……まだ。三島さんは?」

「……私もまだ」

結衣花もそう言うので、陽一は店員に「すいません。またあとで」と謝った。

「なんだよ、誰も頼まないの? うちのカミさんは絶対最後に炭水化物頼むんだよ」

「奥さま、お変わりないですか?」みちが高坂に尋ねた。

「元気過ぎて困ってるよ。この間も朝からゴルフ連れてけってうるさくてさ」

「仲いいんですね」結衣花が言う。

「まぁな。でも夫婦なんてお互い腹に何か抱えているもんだから」

「え?」

「愛する人に本当のこと言われるより、騙されてるほうが幸せってよく聞くけどさ、どう思う?」

「……私は上手に嘘をつかれるほうが楽。正直者には傷つけられるんで」

結衣花の言葉を聞き、高坂は「みっちゃんは?」と、みちを見た。

「私は……本当のことを言ってほしい」

「三島ちゃんはB型で、みっちゃんはO型かな、テキトーだけど」高坂が言う。

「みちはA型です……トイレ」陽一は逃げるように席を立った。

……全然、味しねぇよ。

陽一はトイレの前で深く息を吐いた。


結衣花はまだメニューを見ていた。頼んだメニューで、高坂に浮気度が高いなどと判断されてはたまらない。

「なんかメニュー見てるだけでお腹いっぱいになってきちゃいました」

みちが言うので、結衣花も「私もシメはパスします」と言った。

「じゃあデザートにするか。心理テスト的にはデザートの種類で……」

「心理テストもお腹いっぱいかなー」みちが高坂に言ったとき、結衣花のスマホが鳴った。画面を見ると、番号が表示されている。

「……ちょっとすいません」結衣花はスマホを手に席を立った。「はい。もしもし」電話に出ながら、トイレの近くまで歩いていく。

「え？　ちょっと待ってください。その方とは、別れてからいっさい会ってません」

声を落としながらも、結衣花は必死で言った。その様子を陽一が見ていたが、結衣花は気づかなかった。


みちと陽一は、マンションに続く坂道を歩いていた。

「なんか、ごめんね。歓迎会までお邪魔しちゃって」みちは謝った。

「でも珍しいな。みちが店寄るなんて」

陽一の口調からは、いつものように感情が読めない。

「……そうかな？」

「そうだよ」

「……陽ちゃん」

みちは真面目な口調で切り出した。「この間嬉しかった。ちゃんと考えるって言ってくれて」

みちは「うん」とうなずいた陽一の腕に、手を伸ばす。

信じていいよね？

しっかりと陽一の腕に手を絡めた。ふたりは寄り添い、坂道を上っていった。

この日も早めに帰宅した楓は、ソファで山積みの洗濯物を畳んでいた。洗い物もしなくてはいけないと気にかかってはいる。でも要領が悪いのでなかなかそこまではこなせない。畳み終えた服を抱えて寝室に行こうとすると、レンジが鳴った。

くるりと向きを変えてレンジを見にいこうとしたとき、床を掃除していたお掃除ロボットに思いきり足をぶつけた。

「いったぁ……」

反射的にうずくまると、抱えていた洗濯物が床に落ちた。そこに玄関が開く音がし、新名が入ってきた。

「楓？　どうしたの？」新名が駆け寄ってくる。

「誠」楓は顔を上げた。

「大丈夫？　どっか具合悪いの？」新名は心配そうに楓の顔をのぞきこんでくる。

「……やっと見てくれた」楓は新名を見上げた。

「え」

「ごめんね。すぐ片づけて夕飯の支度するから」楓は床に散らばった洗濯物を集めた。

「今日はもう会社に戻らないから一緒に食べよ。ビーフストロガノフ作ろうと思って。

誠、好きでしょ？」

問いかけた楓を、新名がじっと見つめている。

「……待ってて」

新名は冷凍庫から冷却パックを持ってきて、タオルで包んで楓の足に当ててあげた。

「少しこのままにしといたほうがいい。夕飯は俺作るから」

「……ありがとう」

足は痛かったけれど、楓はほんの少しだけホッとして、笑みを浮かべた。

まだ取り戻せるよね？


一方の新名は、楓の足を冷やしながら、心中は穏やかではなかった。

俺は最低な人間だ。心の中にいるのは……あの人なのに。

みちへの気持ちが抑えきれず、新名は苦悶の表情を浮かべた。


翌日、加奈に話があると切り出され、楓は圭子と会議室で話を聞くことになった。加奈は、編集部から異動したい、と切り出した。

「異動願い？」圭子が驚きの声を上げた。

「はい。もう少し時間に余裕のある部署に移りたくて」

「でも横井さんは編集希望だったよね？」

楓は、加奈を一人前の編集者に育てようと指導していた。

「……そうなんですけど、つきあってる彼に、一人前の編集になるまでは結婚を待ってほしいって言ってたんです。でも、どんどん忙しくなって結婚どころじゃ……。これ以上彼を待たせられないんで」

「なるほどね」圭子は悟ったような表情でうなずいた。

「……でも本当にいいの？　せっかくここまで頑張ってきたのに」

楓は加奈を見た。でも加奈はうつむいている。

「せめて自分の企画ができるようになるまでやってみたら？」

「……区切りつけても結局ズルズル行っちゃいそうで」

「区切りって、まだたった三年でしょ」楓はつい責めるような口調になってしまう。

「まぁ本人が決めたことだから」圭子はとりなすように言った。

「……そうですけど」楓は黙るしかない。

「すぐに異動ってわけにはいかないけど、会社には私から話してみるから」

圭子が言うと、加奈は「よろしくお願いします」と、頭を下げた。

「……ズルズルか」

自席に戻った楓は、思わず呟いた。

チーフになったら、副編集長になったら……一つ手に入れても、また一つ欲張りになっていく。私はそうやって誠とのことをどんどん先延ばしにしてきた。

机の上にバサッと置いてある原稿を、チェックしていく。

キャリアを積めば積むほど、目の前の仕事は増えていく。ひとつ前に進んでも、手に入れたいものはまたひとつ遠くなるのに。

仕事が好きだ。新名がパートナーなら、仕事を思いきりできると思っていた。でも、思い出すのは、リビングで楓を待っている新名の姿ばかりだ。

誠は、ずっとひとりぼっちだったんだ……。


新名は自席で、一緒に打ち合わせに出かける部下を待っていた。ぼんやりと窓の外を見つめていたが、ふと後ろを振り返ると、みちがコピーを取っていた。新名がその後ろ姿を見つめていると「お待たせしました!」と、部下が声をかけてきた。立ち上がり、歩き出す。

「……行ってきます」

コピー機のそばを通り過ぎるときにみちに声をかけたけれど、反応はなかった。

夕飯を食べながら、みちは陽一に旅行のパンフレットを見せた。

「帰りに駅で見つけたんだけどね、スパとかあってすごい素敵なの」

「へぇ」陽一はパンフレットの『夢のリゾート』という文字を見ている。

「ねぇ行こうよ。ダメ？」

「いや、ダメじゃないけど……」

「陽ちゃんが土曜の午後お休みもらえたら土日の一泊二日で」

明るく提案してみたけれど、陽一は黙っている。

「……無理ならいいけど」

「いいよ」陽一の言葉に、みちは「本当に？」と、嬉しくなる。

「オーナーに聞いてみる」

「ありがとう！」

「……でも急にどうしたの？」

「え……ほ、ほら、最近全然旅行に行ってなかったし。気分転換にどうかなって」

みちは陽一との関係をやり直したい。その一心だった。

「そう。たまには景色のいいところでリラックスするのもいいでしょ?」

みちは陽一を見つめた。

私の心を陽ちゃんでいっぱいにしたい。

「気分転換……」


夕飯後、陽一はベランダに出てタバコを吸った。

……気分転換って。

ため息とともにハーッと煙を吐き出した。

もしまたできなかったら……。

カーテン越しにリビングを見ると、みちが楽しそうにパンフレットを見ていた。陽一はジリジリと灰になっていくタバコの先に視線を移した。


翌日、みちは仕事をしながら、華に明日から旅行に行くことを話した。

「旅行ですか?」

「うん。たまたま今週キャンセル出てて」土曜日泊で予約が取れたのだ。

「じゃあ明日から?」

「そう。お昼に合流して車で」

「ふぅ〜ん」華は何か言いたげな顔で、みちを見ている。

「何も言わなくていいからね」みちは華を制した。

「いってらっしゃいませ！」

華に明るく言われ、みちも「いってきます！」と、笑顔を返した。


ひと組いた客が帰っていったタイミングで、陽一は結衣花に声をかけた。

「休憩入っていいよ」

「あ、はい。ありがとうございます」

結衣花はいつものバッグの中からタバコの箱を取ろうとすると、一通の封筒が落ちた。

表には「内容証明」と書かれている……。

「あ、俺、明日午後休みもらったから」

陽一が声をかけると、結衣花は慌てて封筒を拾った。

「聞いてる？」

「え、あ……すいません」

「なんかあった？」

焼肉を食べにいった歓迎会の夜、陽一がトイレから出てくると、結衣花がスマホで話しているのを見かけた。ずいぶんと深刻な表情だった。

そもそもあの晩は結衣花の歓迎会という名目だったのに、みちが参加する展開になってしまった。とはいえ結衣花はそれなりに大人の対応をしていた。なのに、電話で話していたときのあの蒼《あお》ざめた顔は、ただごとではなかった。

「……あの」

結衣花が口を開きかけたとき、ドアが開き、客が入ってきた。

「いらっしゃいませ」陽一はすぐに声をかけた。

「……いらっしゃいませ」結衣花はタバコの箱をしまい、水とおしぼりの準備を始めた。

けれど、表情が暗い。陽一は結衣花の様子が気になっていた。


昼休み、みちと華は外にランチに行こうと、エレベーターに乗り込んだ。

「駅横にできたカレー屋さんは？」華が提案する。

「いいね。ラッシー無料券あるよ」みちは目の前の閉じるボタンを押した。

「すいませ……」

と、ドアが閉まりかけたとき新名が乗り込んできた。新名はみちを見て、一瞬、表情をこわばらせた。

「……お疲れ様」

互いに気まずく頭を下げ合う横で、華が明るく「お疲れ様でーす」と言った。新名はみちたちに背中を向けて立つ。

「……やっぱりカレーやめません？」華はみちに言った。

「え？」

「香辛料でお腹壊すかもしれないし。先輩明日旅行でしょ？」

「……うん」みちはうなずいた。

「いいですよねえ。旦那さんとラブラブ旅行」

華がわざとはしゃいだ声を上げたが、みちは何も言い返せなかった。エレベーター内に気まずい空気が満ちる。ようやく一階に到着してドアが開くと、新名は何も言わず、先に出ていった。

会社を出て歩き出すと、華がちらちらとみちの様子を気にしているのがわかった。

「華ちゃん」

「……怒ってますよね？」華はみちの顔をうかがうように言った。

「ありがとう」

「え?」

「……」みちは黙っていた。

「……この間の唐揚げのお礼です」華は、みちが何を言いたいか察したようだ。

「やっぱカレー行こっか」みちは笑顔で華を見た。

「ですね」華も元気にうなずいた。


みちと華が楽しく話しながら歩いている頃、新名はうつむき、早足で歩いていた。

……彼女の幸せを願わなきゃいけない。

新名は唇をぎゅっと嚙みしめると、意を決したように携帯を取り出し、電話をかけ始めた。

「お世話になっております。フタバ建設の新名です。先日、メールを頂きました、引き抜きの件、お話を伺いたいのですが……」。


楓が編集部内のコーディネートルームで服のチェックをしていると、圭子がやってきた。

「楓、ちょっといい？」

「はい」楓は手を止めて圭子を見た。

「前に編集長やりたいって言ってたよね？」

「え」

「そろそろ次の編集長決める時期だから、もしやる気あるなら推薦しようと思って」

「ありがとうございます……あの、でも……」楓は迷っていた。

「ん？　最近どうした？　顔色もよくないけど……」

「……いえ大丈夫です。編集長の話……」

「まぁ、ゆっくり考えて。無理しすぎないで」圭子はあっさり言い、出ていった。


陽一は閉店作業をしていた。結衣花は相変わらず冴えない表情で、黙々とフロアを片づけている。この前は客が来てしまって話せずに終わっていたこともあって、陽一は結衣花が気になっていた。

「なんですか？」結衣花は陽一の視線を感じたのか、顔を上げた。

「……別に話したくないならいいけど」陽一は言い「看板消してくる」と、出て行こうとした。

「……訴えられちゃいました」結衣花がぽつりと言った。

「え？」陽一は足を止め、改めて結衣花を見た。


閉店の看板を出して戻ってきた陽一は、結衣花にコーヒーを出し、話を聞いた。

「上司だったんです。結婚してるのは知ってたけど、奥さんとはうまくいってないって。今思えば、なんでそんな決まり文句に騙されちゃったのか。まぁ、騙されてもいいってくらい惹かれちゃってたんですけどね」

「……でも別れたんだよね？」

「はい、三年前に。けど最近連絡が来たんです。やりたいって」

「え？」

「冗談です。会いたいって」結衣花がわずかにおどけた口調で言った。

「……で、その人の奥さんが？」

「たぶんまだ関係が続いてるって勘違いしたんだと思います」

「だったらちゃんと説明したら」

「無駄ですよ……不倫したのは事実ですから。人のものを取るような最低な女なんで」

結衣花は自虐的に言う。

「……オーナーに相談してみたら？　弁護士の知り合いがいるかもしれないし」

「……はい」

「そろそろバスやばいでしょ？　片づけやっとくから」

「……ありがとうございます」結衣花はうつむいたまま立ち上がった。

「……俺は思わないけど」陽一はカウンターにカップを下げながら、言った。

「え」

「いい女だと思うよ」

陽一の言葉を聞いた結衣花は驚きの表情を浮かべている。

「まぁ俺に言われてもアレか。お疲れ様」

キッチンに戻ろうとすると、結衣花が陽一のシャツの裾を摑んだ。振り向くと、結衣花と目が合った。キスをしようと背伸びをし、顔を近づけてくる。でも陽一は受け入れず、離れた。

「……悪い。俺、あいつがいないとダメだから」

陽一の言葉に、結衣花は寂し気な表情を浮かべて、離れた。

「店長もいい男ですね」

そう言って「お先に失礼します」と、出ていった。

夜、みちはリビングで旅館のパンフレットを見ていた。露天風呂付きの客室を予約したので、期待は増すばかりだ。みちは『客室の窓からは満点の星空』というキャッチコピーに目を留めた。研修旅行の晩に、新名とみちの部屋から一緒に星を探した、あの濃密な空気を思い出してしまう。みちはスマホを手に取り、メッセージを打ち始めた。

《今日何時頃帰れる？　明日楽しみだね》

みちは陽一にメッセージを送り、楽しみ、というスタンプを添えた。

片づけを終え、陽一はスマホを取り出してみちにメッセージを送った。

《遅くなった。今から帰る》

それだけで終わろうと思ったけれど、みちが送ってきた、楽しみ、というスタンプを見て少し考え、陽一はもう一度指を動かした。

《明日楽しみだな》

楓は誰もいない編集部に残って仕事をしていた。どうにか終わらせ『編集長。確認お願いします』と書いた付箋を書類に貼り付けて圭子の席に持って行った。書類を置き、楓は編集長の椅子に座ってみた。楓はしばらく、いつもとは別の角度から編集部の景色を眺めていた。

寝る前に、新名はスマホのメッセージアプリを開いて、友だち一覧を表示した。未練を断ち切るためにみちの連絡先を削除しようとしたけれど、どうしてもできない。

結局、トーク画面を開いてしまう。そして、メッセージを打ち込んだ。

《強引ですみません。明日十時にいつもの場所で待ってます》

新名は思い切って送信ボタンを押した。

新名は少し考えて、再びメッセージを打ち込んだ。

《これで最後にします》

陽一の帰りは遅かった。ベッドに入っていたみちは、陽一から続きのメッセージが届いたかと開いてみると、新名からだった。

明日十時にいつもの場所……。メッセージを見つめていると、玄関で音がした。陽一が帰ってきたようだ。みちはスマホを閉じ、枕元に置いた。

帰宅してリビングに入っていくと、もうみちは寝ているようだった。

『先に寝るね。冷蔵庫に焼きそばあるよ。夜更かし禁止！』

テーブルの上のメモを見て、陽一は思わず笑った。その横に置いてあった旅館のパンフレットを何げなくめくると『素敵なお部屋でふたりだけの特別な夜に！』という文字や、ムード満点の室内露天風呂の写真などが目に飛びこんできた。陽一の顔から、笑顔がすっと消えた。


土曜日の朝、いつもとあまり変わらぬ時間に起きた新名は朝食を済ませ、出かける支度をしていた。テーブルの上には楓の分の朝食も置いてある。時計を見ると九時過ぎだ。家を出ようとすると、寝室の扉が開いた。

「ごめん。また朝ご飯作れなかった」楓が申し訳なさそうに言う。

「いいよ。昨日徹夜だったんでしょ？」

「うん。どっか出かけるの？」

「……ちょっと」

「何時ごろ帰ってくる？」

「え？」不意の質問に、少し声が上ずってしまう。

「私、午後に一件打ち合わせあるだけだから」

「……何時になるかわからない」

「……そっか」

「鍋にスープあるから温めて食べて」じゃあ、と、新名は玄関に出ていこうとした。

「……誠」楓が突然、新名の背中にしがみついてきた。


朝食を食べ終えたみちは、荷物のチェックをしていた。

「髭剃《ひげそ》り持ってく？」まだ朝食を食べている陽一に声をかける。

「あっちにあるだろ」

「陽ちゃん合わないと赤くなるじゃん。やっぱ入れとこ」

みちは陽一が使っている髭剃りを荷物に入れた。食べ終えた陽一は皿をシンクに運んでいる。

「あとでまとめてやるから置いといて」

さっき自分が食べた分や、鍋などもシンクに出したままだ。でも陽一はスポンジを手に、洗い始めた。

「ありがとう」

みちは陽一の気遣いに感謝して、ほほ笑んだ。

「あ、今日の宿おいしい日本酒あるらしいよ。たまには酔っ払っちゃおっかな」

ちょっとおどけた調子で言ってみたけれど、陽一は黙々と洗い物をしていた。

「久しぶりだもんね。ふたりでこういうの」もう一度声をかけてみる。

「……そうだな」

「部屋に露天風呂ついてるってさー」みちはウキウキと旅行の準備を続けた。

「……できないかも」陽一が、ふと手を止めて言った。

「え？」

「……俺……旅行いってもできないかも」

新名は楓に抱きつかれ、困惑していた。

「……どうしたの？」

「ずっとひとりぼっちにしてごめん」

背中越しに、楓の声がする。

「誠ならどこまでも許してくれるってどっか甘えてた。でも、私にとっては誠も仕事も大事なの……だからどっちも頑張るから」

「え」

「私……いつでも大丈夫だから」楓はきっぱりと言った。

皿洗いの途中だった陽一は、がっくりとうなだれている。

「陽ちゃん。私別にそんなつもりじゃ」みちは立ち上がり、陽一と向き合った。そしてやさしく語りかけた。「久々の旅行なんだしもっと気楽にいこうよ。ね?」

「……」陽一は押し黙ったままだ。

「陽ちゃん?」

「悪いのは俺だってわかってる。みちにさんざんつらい思いさせてるのも。でも……プレッシャー半端なくて」

「それ、前にも聞いたよ。だから」

「違うんだよ……そういうことじゃなくて」

陽一はみちの言葉を遮った。「もし、またできなかったらって思ったら……」

「だったらちゃんと病院行って相談しよう。私も一緒に行くし」

みちは真剣に、でもあまり深刻になりすぎないように気をつけながら、続けた。「もし本当にできないなら、ちゃんとハッキリさせたほうが」

「ハッキリさせるのが怖いんだよ」

「どうして？」

問いかけても、陽一は何も言わない。

「ハッキリさせなきゃ前に進まないんだよ？　なんでハッキリさせたくないの？　ちゃんと言ってよ。言ってくれなきゃわかんないよ」

いけないと思いながらも、畳みかけてしまう。

「ねぇ陽ちゃん」

「怖いに決まってんだろ！　みちとだけできないなんて」

陽一は声を上げた。その言葉の意味を理解するまで、みちは数秒の時間を要した。

「……それ、どういう意味？　私とだけって何？」

今自分がしている想像が、思い違いであってほしい。みちは陽一を見つめた。

「ごめん」陽一はようやく言葉を発した。「俺、一度だけみちのこと……裏切った」

陽一の言葉を聞いた途端に、涙があふれ出した。体が小刻みに震えてくる。

「……ごめん」

「……なんで」

涙声で尋ねても、陽一は黙ってうつむいている。重い空気の中、ふたりは無言で向かい合っていた。みちは耐え切れなくなり、泣きながら家を飛び出した。

あふれる涙を拭わずに、ひたすら歩いた。歩いて歩いて……みちは走り出した。


新名も急ぎ足で歩いていた。やがて花屋に到着し、新名は花を選びはじめた。

「花束作りますので少しお待ちください」

「はい」

待つ間、新名はスマホを取り出し、みちにメッセージを打った。


ずるいのはわかってる。でも……。

みちは川沿いの歩道にやってきた。

たまらなくあなたに会いたい。

いつもの場所に着いた。そこに新名の姿はなかった。

新名は花束を抱えて歩いていた。

俺は自分のことばかりだった。俺のために必死に変わろうとする妻を見ようともしないで。

花束はトルコキキョウとアルストロメリア。結婚記念日の日に、楓のために買ったのと同じ花だ。

ついさっき――。

楓は出かけようとしていた新名を引き留め、いつでも大丈夫だから、と言った。そして「だからお願い。私のこと嫌いにならないで」と、懇願するように言った。

「誠とずっと一緒にいたい……夫婦でいたいの」

楓の心の叫びが、みちのもとに向かおうとしていた新名を思いとどまらせた。

永遠を誓った夫婦……。

新名は、みちから「もう決めたんです。夫と向き合うって……夫婦ですから」と言われたことを思い出していた。みちも楓と同じように夫婦関係について必死で考え、何度も迷いながら、決意を固めて口にした言葉だっただろう。

俺は楓だけでなく、彼女のことも悲しませようとしていた。

自宅マンションの前に到着した新名は、エントランスに入っていった。

これ以上邪魔をしてはいけない。彼女はきっと幸せに向かって歩き出しているはずだから。

部屋に着き、ドアを開けると楓が出てきた。

「あれ？　早いね」

花束を見て、楓の顔がぱあっと輝く。そんな楓を見て、新名も自然と笑みを浮かべた。

川沿いのベンチの前で、みちは新名から届いたメッセージを見ていた。

《困らせてごめん。本当に同僚に戻ろう》

あたりの音がやみ、目の前が暗くなり……みちは崩れ落ちそうになるのをどうにか堪え、ただ茫然とその場に立ち尽くしていた。


（下巻に続く）

CAST

吉野みち	奈緒
新名 誠	岩田剛典
新名 楓	田中みな実
三島結衣花	さとうほなみ
北原 華	武田玲奈
高坂 仁	宇野祥平
川上圭子	MEGUMI
新名幸恵	大塚寧々
*	
吉野陽一	永山瑛太

他

原作：ハルノ晴『あなたがしてくれなくても』（双葉社）

■ **TV STAFF**

脚本：市川貴幸　おかざきさとこ　黒田 狭

主題歌：稲葉浩志『Stray Hearts』（VERMILLION RECORDS）

挿入歌：稲葉浩志『ダンスはうまく踊れない』

（VERMILLION RECORDS）

音楽：菅野祐悟

プロデュース：三竿玲子

制作プロデュース：古郡真也（FILM）

演出：西谷 弘　髙野 舞　三橋利行（FILM）

■ **BOOK STAFF**

ノベライズ：百瀬しのぶ

ブックデザイン：市川晶子（扶桑社）

校閲：東京出版サービスセンター

DTP：明昌堂

あなたがしてくれなくても（上）

発行日　2023年6月2日　初版第1刷発行

原　　作：ハルノ晴（『あなたがしてくれなくても』（双葉社/「漫画アクション」連載中）
脚　　本：市川貴幸、おかざきさとこ、黒田 狭
ノベライズ：百瀬しのぶ

発 行 者　小池英彦
発 行 所　株式会社 扶桑社
〒105-8070 東京都港区芝浦1-1-1 浜松町ビルディング
電話　03-6368-8870（編集）
03-6368-8891（郵便室）
www.fusosha.co.jp

企画協力　株式会社フジテレビジョン
製本・印刷　中央精版印刷株式会社

Printed in Japan
ISBN 978-4-594-09488-1

原作・ハルノ晴
脚本・市川貴幸
おかざきさとこ
黒田 狭
ノベライズ・百瀬しのぶ

あなたがしてくれなくても
（上）

扶桑社文庫
0793